Langenscheidt

Boarding School Blues – Liebesfrust im Internat

von Charlotte Collins

Langenscheidt

Berlin · München · Wien · Zürich · New York

Lektorat: Marion Schweizer
Vokabelangaben: Charlotte Collins
Coverzeichnung: Kirill Chudinskiy

*Many thanks to Cheltenham Ladies' College
and to Stefan for checking my German.*

*Ein großes Dankeschön an das Cheltenham Ladies' College
und an Stefan fürs Korrekturlesen
der deutschsprachigen Teile.*

"Schooldays are the best days of your life."
(Inaccurate saying frequently quoted to reluctant schoolchildren)

"Die Schuljahre sind die besten deines Lebens."
(Unzutreffender Spruch, der unwilligen Schülern häufig vorgehalten wird)

www.langenscheidt.de

Umwelthinweis: gedruckt auf chlorfrei gebleichtem Papier

Druck: Mercedes-Druck GmbH, Berlin
Printed in Germany

ISBN: 978-3-468-20483-8

1. 2. 3. 4. 5. • 11 10 09 08

REISE-VORBEREITUNGEN

“Mama! Ich finde meinen neuen Blazer nicht!”
Verzweifelt durchwühlte Elise den Kleiderhaufen, der sich mittlerweile über ihr ganzes Zimmer ausgebreitet hatte. Dunkelgrüne Röcke, dunkelgrüne Pullis, langer grüner Regenmantel samt Kapuze, Dutzende weißer Hemden, lange weiße Strümpfe, Schal und Schlipse mit Streifen in den Farben ihres Internatshauses lagen bunt durcheinander mit Jeans, T-Shirts und Pullis und bedeckten das Bett und den größten Teil des Bodens. Es sah aus, als sei in der großen roten Koffertruhe, die wie eine leere Schatzkiste mit offenem Deckel mitten im Zimmer stand, eine Bombe explodiert.
“Maaamaaa!”
“Ja, ja, ich komm ja schon.” Elises Mutter öffnete die Tür und stöhnte. “Ach, Elise! Wie sieht’s denn hier aus? Ich dachte, du wolltest packen?”
“Das tue ich doch! Aber ich finde meinen Blazer nicht, deswegen musste ich alles wieder auspacken.”
“Auspacken nennst du das?” Ihre Mutter betrachtete frustriert das Chaos.
“Ach, Mama, hör schon auf! Ich pack alles gleich wieder ein, versprochen. Aber ich muss doch sicher sein, dass ich auch wirklich alles dabei habe! Ich werd noch ganz kirre bei dieser endlosen Liste mit all den Sachen, die wir mitbringen müssen. Und was für Sachen! Sieh

dir nur mal diese riesigen grünen Unterhosen für den Sportunterricht an. Ich mag gar nicht dran denken, dass ich das jemals anziehen muss, aber es wäre sicher noch schlimmer, wenn ich da ankomme und was Wichtiges vergessen habe. Du kannst es mir schließlich nicht mal eben nachschicken, ihr seid ja dann weg."
Elise presste die Lippen zusammen und starrte ihre Mutter so finster an, wie sie nur konnte, aber es gelang ihr trotzdem nicht, die aufsteigenden Tränen zu unterdrücken. Ihre Mutter nahm sie tröstend in den Arm.

sweetheart
Schätzchen

"**Sweetheart**, sei nicht traurig. So schlimm wird es bestimmt nicht. Du hast doch selbst gesagt, dass du nach zwei Jahren in England nicht schon wieder in ein anderes Land ziehen willst. Das kann ich gut verstehen, aber für deinen Papa ist der Job in Schanghai eine tolle Aufstiegschance. Doch es ist ja nicht für ewig und ich bin sicher, das Internat wird dir gut gefallen, wenn du dich erst mal eingewöhnt hast. Deinem Bruder gefällt es in seiner Schule sehr, das weißt du."
"Ja, schon." Elise schniefte. "Aber das ist nicht dasselbe. Alex geht in die Boys' School. Ich gehe ins Mädcheninternat." Sie schaute auf die Liste, auf der der Briefkopf des Internats prangte. "*Pemberton School for Girls*. Wie das schon klingt!"
"Tja, das ist wohl nicht zu ändern." Elises Mutter legte ihrer Tochter mitfühlend den Arm um die Schulter und lächelte. "Oder sollen wir dich als Junge verkleiden? Dann kannst du mit Alex in dieselbe Schule gehen und allen erzählen, du seist sein kleiner Bruder.

Bei Shakespeare läuft das mit den verkleideten Frauen immer völlig problemlos, also wird es bestimmt keinem auffallen."

Elise lächelte widerwillig und schüttelte den Kopf. "Du spinnst. Soll ich vielleicht Tag und Nacht mit einem Rudel vierzehnjähriger Jungs zusammenleben? Im gleichen Schlafsaal?" Sie schüttelte sich.

Ihre Mutter lachte. "Na, ich würde sagen, ein Rudel vierzehnjähriger Mädchen ist nicht unbedingt besser."

"Yeah, **you can say that again**." Alex, Elises älterer Bruder, lehnte am Türrahmen und grinste. "Vierzehnjährige Mädchen sind schlimm. Pausenloses Geschwatze und Gekicher. Stimmt's, Lisi?"

"Kein bisschen!", behauptete Elise im Brustton der Überzeugung. "Und wenn, dann ist unser Gesprächsstoff jedenfalls viel interessanter als immer bloß Autos und Fußball, wie bei euch."

"**Cricket**, my dear. Not football. Cricket." Alex machte einen grazilen Schwung mit einem imaginären Cricketschläger und schnalzte mit der Zunge. "*Tock.* Yes! Another fantastic **stroke** there from Alexander Weidemann, a young man who's already well **on the way** to scoring his first **century**. That's six more runs for Weidemann, the finest **cricketer** to come out of Germany since ..."

"Genau, since when?" Elise lachte. "Die Konkurrenz ist nicht gerade groß. Die meisten Deutschen sind zu vernünftig, um so ein langweiliges Spiel zu spielen."

You can say that again. Das kannst du laut sagen.
cricket Kricket
stroke Schlag
on the way unterwegs
century *hier:* 100 Punkte
cricketer Kricketspieler(in)

"**More fools they**", erwiderte Alex. "Das ist alles andere als langweilig, es ist ein tolles Spiel." Wieder fuchtelte er mit seinem imaginären Schläger in der Luft herum. *Tock.*

"Tja, mein Sohn, so langsam wirst du ein waschechter Engländer", sagte seine Mutter und schmunzelte.

"Of course", erwiderte Alex. "Weißt du, es ist nicht so einfach, immer fremd zu sein. Für Deutsche in einer britischen Schule gilt das umso mehr, wie du dir denken kannst. Da muss man sich schon ein bisschen anpassen, wenn man nicht auffallen will wie ein bunter Hund. Die ganzen Kraut-Witze gingen mir ziemlich auf den Wecker."

More fools they. Schön blöd!

"Ogottogott", stöhnte Elise.

"Ach, Lisi. Halb so schlimm. Die Erfahrung hast du doch in deiner Tagesschule hier in Bristol auch gemacht, oder? Trotzdem hast du schnell Freunde gewonnen."

"Ja, schon ... Ich wünschte, die könnten mit ins Internat. Vor allem Anna", seufzte Elise. "Ich werde sie schrecklich vermissen."

"Ich weiß, Sweetheart", sagte Frau Weidemann. Sie streichelte ihrer Tochter übers Haar. "Aber du darfst die Herbstferien bei Anna verbringen, eine ganze Woche. Das ist mit ihren Eltern fest ausgemacht. Und bis dahin sind es nur noch sechs Wochen. Außerdem hat die Schule mir versichert, dass alle Mädchen regelmäßigen Zugang zum Internet haben, also kannst du mit ihr per E-Mail in Kontakt bleiben. Und mit uns doch auch, oder? Schreibst du uns ab und zu? Oder bist du so sauer, dass du nichts mehr mit uns zu tun haben willst?"

"Hmm", sagte Elise. "Mal sehen. Wenn ihr ganz brav seid, schreib ich euch vielleicht." Dann kamen ihr fast wieder die Tränen und sie umarmte ihre Mutter ganz fest, damit sie es nicht sehen konnte. "Ach, Mama! Ich wünschte, Papa hätte nicht diesen blöden Job, für den er andauernd umziehen muss. Wir waren schon überall in Deutschland und jetzt zwei Jahre in Bristol. Das ging ja alles noch. Aber Schanghai? China ist viel zu weit weg."

Ihre Mutter seufzte. "Mir fällt's ja auch nicht leicht, Lisi. In Bristol haben wir uns gut eingelebt. China wird eine große Umstellung sein, vor allem für mich. Aber ich will deinen Vater nicht alleine gehen lassen."

"Are you talking about me? **My ears are burning**." Elises Vater lugte über Alex' Schulter und zwinkerte seiner Tochter zu. Erst dann nahm er Elises Kleiderchaos wahr. "Zum Teufel, was ist denn hier los? Musst du alles anprobieren, bevor du es einpackst?"

"Nein, Papa, ich suche nur meinen Blazer."

Herr Weidemann runzelte die Stirn. "Hängt der nicht unten im Flur? Du hast ihn doch gestern Abend runtergebracht, um ihn Anna zu zeigen. Vergessen?"

"Stimmt!" Elise sprang auf, aber ihre Mutter legte ihr die Hand auf die Schulter.

"Ich hol ihn dir. Du packst die Sachen wieder in die Koffertruhe. Heute Abend muss alles fertig sein, damit wir morgen früh rechtzeitig losfahren können. Alex, wie weit bist du gekommen?"

My ears are burning.
Mir klingen die Ohren.

"Keine Panik. Alles im grünen Bereich." Alex schälte sich lässig vom Türrahmen. "Mach dir keine Sorgen, Lisi. Ich werde auf mein Schwesterlein schon aufpassen."

Elise zog einen Flunsch. "Und du wirst mich besuchen, ja?"

"Klar doch."

"Versprochen?"

"Versprochen." Alex hob warnend einen Zeigefinger. "Ich nehme mir die Bücher von Jane Austen zum Vorbild. Die brüderliche Pflicht lastet schwer auf meinen Schultern. Schließlich muss ich dafür sorgen, dass du ein anständiges, heiratsfähiges Mädchen bleibst."

Alex duckte sich gerade noch rechtzeitig. Elises Turnschuh flog über seinen Kopf hinweg und landete im Flur.

Ankunft im Internat

"So, da wären wir."
Elises Vater schaltete den Motor aus. Vor ihnen erhob sich das Internatshaus, ein breites, rotes, dreistöckiges Backsteingebäude im besten viktorianischen Stil. Seine spitzen Dächer sahen aus, als müssten sie Fledermäuse bergen, und die vielen großen Fenster gaben einem das Gefühl, als würde man immer von irgendwoher beobachtet. Wahrscheinlich stimmte das sogar. Elise schaute nach oben. Genau, da! Im ersten Stock blickten ein paar blasse Mädchengesichter herunter auf das Getümmel auf dem kleinen, von Rosenbeeten umgebenen Parkplatz.
Elises Mutter drehte sich um. "Komm, Sweetheart. Lass uns dein neues Zuhause besichtigen."
"Das ist nicht mein Zuhause", murmelte Elise, aber nicht so laut, dass ihre Mutter es hören konnte. Widerwillig stieg sie aus dem Auto und folgte ihr zum Haupteingang. Überall um sie herum wurde gequietscht und geschrien, überall stiegen Mädchen unterschiedlichen Alters aus den Autos. Sie begrüßten sich überschwänglich, als wären sie sehr überrascht, sich nach dem langen Sommerurlaub lebendig wiederzusehen. Andere Eltern hatten vorne auf der Straße parken müssen und schleppten nun die riesigen Koffer ihrer Töchter, die trotzdem nie groß genug

waren, um alles Notwendige in sich aufzunehmen, zum Eingang.
Alex und Herr Weidemann waren schon dabei, Elises Sachen auszuladen.
"You two **go on ahead**. We'll follow with the **luggage**."
Im Haupteingang stand eine Frau mittleren Alters, das grau melierte Haar zu einem Dutt gebunden. Elises Mutter stellte sich vor.
"Ah, yes, of course, Mrs Weidemann! We spoke on the phone. I'm Mrs Roberts, Elise's **housemistress**. Hello, Elise. Nice to meet you." Mrs Roberts lächelte Elise freundlich zu. "I hope you'll be very happy here at Cats."
"Cats?" Elise war verwirrt.
Mrs Roberts lachte. "*Cats* is what we call this house: St Catharine's. All the **boarding houses** are **named** after **saints**, but they're usually called by their **nicknames**."
"I see", sagte Elise verwirrt.
"Come on in", sagte Mrs Roberts. "This is Miss Gibson, one of our **matrons**. She'll show you to your room. You'll be **sharing** a **dormitory** with five other girls from your year."
Sechs Mädchen in einem Raum! Natürlich wusste Elise, dass sie hier kein eigenes Zimmer bekommen würde wie zu Hause, aber mit fünf fremden Mädchen über so lange Zeit auf engem Raum zu leben stellte sie sich alles andere als einfach vor.

to go on ahead vorausgehen
luggage Gepäck
housemistress Hausmutter
(school) boarding house Internatshaus
named benannt
saint Heilige(r)
nickname Spitzname
matron Vorsteherin
to share teilen
dorm(itory) Schlafsaal

Elise und ihre Mutter folgten Miss Gibson, einer kleinen, dicken Frau mit hängenden Mundwinkeln, eine große Treppe hinauf bis in den zweiten Stock. Miss Gibson bog links in einen langen Flur ab, lief an einigen Türen und Schränken vorbei, stieß die letzte Tür auf und zeigte ihnen Elises Zimmer.

Links und rechts des großen Fensters standen jeweils drei eiserne Betten mit hässlichen senffarbenen Decken. Zu jedem Bett gehörten ein Stuhl und eine kleine Kommode. Ein Bett war offensichtlich schon belegt. Ein pummeliges Mädchen mit kurzen, lockigen, knallroten Haaren, vielen Sommersprossen und einer Nickelbrille war gerade dabei, ihre Sachen auszupacken. Sie grinste Elise an und zeigte dabei eine Zahnspange.

“Tessa”, sagte Miss Gibson knapp, “this is the new girl, Elise. Can you show her where to put her things?”

“Yes, Miss Gibson.” Tessa grinste weiter und Miss Gibson verschwand, ohne sich zu verabschieden.

Elises Mutter beugte sich vor. “Ich gehe schnell runter und helfe Papa und Alex mit dem restlichen Gepäck”, sagte sie. “Ich bin gleich wieder da, okay?” Bevor sie hinausging, begrüßte sie kurz Elises Zimmergenossin: “Hello, Tessa. I’m Corinna Weidemann, Elise’s mother. See you both in a minute.”

Dann waren die beiden Mädchen allein.

“Hello”, sagte Elise zögerlich.

“Hi!” Tessa kam eifrig lächelnd auf sie zu. “Are you German?”

“Er... yes, why?” Elise dachte sofort an Alex’ Warnung. Hatten alle Engländer diese blöden alten Vorur-

teile Deutschen gegenüber? Sie hatte es schon ein paar Mal erlebt, dass jemand ihretwegen angefangen hatte, irgendwelche bescheuerten Witze über den zweiten Weltkrieg zu machen, aber bis jetzt war es zum Glück nicht allzu oft vorgekommen.
"Ik sprekke auk deutsch!" Tessas Akzent war zwar grässlich, aber immerhin: Spott war von ihr kaum zu befürchten. "Wir wohnen in ... oh, I've forgotten what they call it ... an **army base**? In Fallingbostel. My dad's in the **army**."
"Oh", sagte Elise. "Erm ... that's nice."
"Where do you live?", fragte Tessa.
"Bristol."
"Oh." Tessa klang etwas enttäuscht. "You don't live in Germany, **then**?"
"Not any more. **We used to**. My parents **are moving** to Shanghai. That's why I had to go to boarding school."
"I see." Tessa schenkte ihr einen mitleidsvollen Blick. "Poor you. Don't worry – I'll **show you the ropes**! Which bed do you want? **Whoever gets** here first can choose."
Elise wählte das Bett rechts neben dem Fenster. Bald danach stürzte ihre ganze Familie gleichzeitig ins Zimmer. Die schwere Koffertruhe wurde von Alex und dem Vater getragen, während die Mutter mit weiteren Taschen beladen war und dazu einen Hockeyschläger unter den Arm geklemmt hatte.
"Put them over here", dirigierte Elise.
"Zu Diensten, gnädige Frau", schnaufte Alex. Er setz-

army base Armeestützpunkt
army Armee
then *hier:* also
We used to. *Hier:* Früher mal.
to move umziehen
to show sb the ropes jdn mit allem vertraut machen
whoever wer
to get somewhere irgendwo ankommen

what on earth was in aller Welt
to fit sth into etw hineinkriegen
chest of drawers Schubladenkommode
as well auch
corridor Flur
to settle in sich einleben
to cheer sb up jdn aufmuntern

te die Truhe ab und bog den Rücken gerade. "**What on earth** have you got in there? It weighs a ton."
Er merkte, dass Tessa ihn derweil mit offenem Mund anstarrte, und streckte ihr die Hand entgegen. "Hello, I'm Alex, Elise's brother."
"Er – hello", brachte Tessa heraus, vergaß aber dabei, seine Hand zu nehmen und ihren eigenen Namen zu erwähnen.
Elises Mutter schaute sich um. "Where are you going to put all your clothes, darling? You'll never **fit** everything **into** that little **chest of drawers**."
"Oh, we each have a wardrobe **as well**", beeilte sich Tessa zu erklären. "They're outside, in the **corridor**."
Elise merkte, wie ihr Vater einen heimlichen Blick auf die Uhr warf. Sie holte tief Luft. "It's okay", sagte sie. "You can go if you like. Bringt Alex in seine Schule, ich komme hier schon zurecht."
"Are you sure, sweetheart?" Ihre Mutter sah besorgt aus. "Don't you want us to stay until you'**ve settled in**?"
"No, it's okay", sagte Elise tapfer. "I'll be fine."
"Oh – I almost forgot!" Frau Weidemann wühlte in ihrer Handtasche und förderte ein weiches, flaches, in Seidenpapier gewickeltes Päckchen zutage, das sie Elise reichte. "We bought you a little present to **cheer** you **up**."
Elise riss das Papier auf und hielt vor Freude die Luft an. Es war die scharlachrote Baskenmütze, um die sie schon seit einigen Wochen herumgeschlichen war

und die sie zu Hause mehr als einmal hoffnungsvoll erwähnt hatte – und dazu noch ein paar passende Wollhandschuhe!
“Danke! Die sind wunderschön!”
Sie setzte die Mütze auf und betrachtete sich in dem hohen Spiegel, der an der Wand hing. Die Mütze saß schräg und schnittig auf den welligen, braunen Haaren, die ihr sanft auf die Schulter fielen. Ihre grünen Augen mit den langen Wimpern funkelten beim Anblick der neuen Mütze. “Und? Wie steht sie mir?”
“Du siehst aus wie eine 68er Pariser Kommunistin”, spottete Alex.
“**Bog off**”, antwortete Elise. “I love it.”
“Du siehst toll aus.” Ihr Vater nahm sie in den Arm. “Pass gut auf dich auf, mein Schatz. Und denk dran: Alex ist da, wenn du was brauchst.”

Bog off!
Mach die Biege!

“Na super”, brummelte Elise. Alex schnitt eine Grimasse.
“Und wenn du uns dringend sprechen willst, hast du dein Handy dabei. Natürlich rufen wir dich sowieso an, aber du weißt ja, von China aus wird das etwas teuer. Außerdem gibt’s da eine siebenstündige Zeitverschiebung ...”
“Schon gut, Papa. Ich werde euch bestimmt nicht mitten in der Nacht wecken. Außerdem können wir mailen.”
“Aber klar.”
Nach vielen Umarmungen und Küssen und nicht ohne ein paar Tränen verabschiedete sich die Familie und ging hinunter zum Auto.

Nun war es Elises blasses Gesicht, das hinter dem hohen Fenster auf den kleinen Parkplatz hinunterschaute. Mit ihren Blicken folgte sie dem großen Wagen, der langsam zur Ausfahrt rollte, in den Verkehr einfädelte und beschleunigte, bis er in der Ferne verschwand.

The New Girl

Tessa zupfte an Elises Ärmel. “Don’t be sad”, sagte sie. “It’s always hard the first time, but it gets easier.” Elise wischte sich schnell mit der Hand übers Gesicht. “I’m not sad”, sagte sie trotzig. Tessa meinte es freundlich, aber Elise wollte kein Mitleid, schon gar nicht von jemandem, den sie überhaupt nicht kannte. “I suppose I’d better **unpack** all this stuff. Could you show me my wardrobe?”

to unpack
auspacken

Plötzlich flog die Zimmertür auf und zwei Mädchen traten kichernd ein. Irgendwie sahen sie sich ähnlich. Beide waren sie blond und blauäugig und jede trug eine knappe Jeans, die sich kaum an ihren hervorstehenden Hüftknochen festzuhalten vermochte. Aber während das eine Mädchen braungebrannt und sehr schlank war, lange, glatte Haare und das wunderschöne, wenn auch etwas arrogante Gesicht eines Models hatte, wirkte die andere dagegen wie ihr matter Abglanz. Sie war einige Zentimeter größer und ging ein wenig gebückt, ihre Haare waren kürzer und offensichtlich gefärbt, die Augenbrauen zu dünn gezupft, die Lippen schmal, und über ihrem Hosenbund quoll ein Fettröllchen hervor. In Bristol hatten sie diesen wenig schmeichelhaften Look einen ‘muffin top’ genannt, weil man in solchen Jeans wie ein Muffin aussah, der aus seinem Papierförmchen herausquoll.
Das schöne Mädchen schaute Elise herausfordernd an.

"Hello", sagte sie gedehnt. "Who are you?"
"Elise Weidemann", antwortete Elise. "I'm new."
Das Mädchen hob eine Augenbraue. "**You don't say.** Look, Belinda", wandte sie sich an ihre Freundin, "they've put the **newbie** in our dorm."
Belinda starrte Elise ebenfalls an, brachte aber als Begrüßung nur ein knappes "Hi" über die Lippen.
"And **Ginger**'s in with us too. Oh God, this term's really going to be fun", seufzte die sarkastische Schöne, deren Blick zu Tessa gewandert war. "Hi, Ginger."
"Hello, Mimi." Auch Tessa schien nicht sonderlich begeistert zu sein, den Schlafsaal mit den zwei Neuankömmlingen teilen zu müssen. Anders als die beiden bemühte sie sich aber wenigstens, höflich zu sein. "Did you have a nice holiday?"
"*Nice?* Yes, I suppose you could say it was *nice*." Mimi lächelte. "It can get a bit boring, spending all your time at the beach. It's just a bit too ... *perfect* there, you know? But hey, if you have to be on a beach, Barbados is the place. And there are always parties and stuff in the evenings."

You don't say. Was du nicht sagst.
newbie Frischling
Ginger Rotschopf
though aber
brain Hirn

"You went away as well, **though**, didn't you?", sagte Belinda mit bewunderndem Augenaufschlag.
"Oh, yeah. Daddy took us to Disneyworld in Florida", ergänzte Mimi lässig.
"Wow! I've always wanted to go there! What was it like?", fragte Tessa.
"Well, I suppose it's okay if you have the **brain** of a

ten-year-old. **Personally**, I grew out of Mickey Mouse in **primary school**."

Plötzlich registrierte Mimi, dass Tessa und Elise die beiden Betten neben dem Fenster für sich beansprucht hatten. "Hey, I want to go by the window. One of you will have to move." Sie nahm den Koffer, den sie mit hereingeschleppt hatte, warf ihn auf Elises Bett und schaute sie fordernd an. "You can have one of the other beds, Newbie."

personally
ich jedenfalls
primary school
Grundschule
So what?
Na und?

Elise war sprachlos. Das ging nun aber wirklich zu weit! Sie spürte, wie die Wut über diese verwöhnte Prinzessin in ihr aufstieg. Es mochte ja sein, dass sie, Elise, 'die Neue' war. Vielleicht hatten diejenigen, die schon länger im Internat waren, tatsächlich Vorrang bei der Bettenauswahl. Aber das war ja wohl noch lange kein Grund, sie dermaßen herablassend zu behandeln und zu schikanieren. Mimi und Belinda hatten sich noch nicht mal vorgestellt! Das Bett war Elise ziemlich egal, darum ging es nicht. Aber anscheinend mussten die Fronten jetzt schon geklärt werden und sie war entschlossen, sich nicht alles gefallen zu lassen.

"Sorry", sagte sie, "but I was here first."

Mimis Augen funkelten. "**So what?**"

"Tessa said whoever gets here first can choose."

Mimi lachte. "*Ginger?* Since when does Ginger decide? Listen, Newbie, this is how it works. I choose first. Then Belinda chooses. Then the rest of you do what you like."

to get to do sth
etw tun dürfen
What about me?
Und ich?
have gone
hier: sind weg
to bag sth
(ugs) etw für sich beanspruchen

Elise sah sie kalt an. "Why?"
"Why what?" Mimi war sichtlich irritiert.
"Why do you **get to** choose first?"
"Mimi", unterbrach Tessa hastig, "you can have my bed if you want. I don't mind, I can go in the middle." Sie hatte schon angefangen, ihre Sachen auf das benachbarte Bett zu verlegen.
"Yes, and **what about me?**", forderte Belinda. "I want a bed by the window as well."
O Gott, dachte Elise, das ist ja lächerlich. Vielleicht wäre es doch besser, einfach nachzugeben ...
Doch der Streit wurde zum Glück unterbrochen, als zwei weitere Mädchen mit Sack und Pack und Familie ins Zimmer platzten. Offensichtlich waren sie die letzten beiden, die für diesen Schlafsaal eingeteilt waren.
"Hello, hello", trällerte die erste, eine kleine, energische Araberin mit großen Kulleraugen und breitem Lächeln. "Who's in here with us? Oh – hi, Mimi, hi, Bels – Ginger – damn, the beds by the window **have gone**! Rosie, we're last! Quick – **has** anyone **bagged** the corner?"
Mimi warf Elise einen finsteren Blick zu. "Come on, Ginger, move", knurrte sie. Sie schnappte ihren Koffer und siedelte auf Tessas altes Bett über. Bei ihrer zweiten Wahl durfte Tessa aber auch nicht bleiben, denn Belinda wollte unbedingt neben Mimi schlafen. Da sich die zwei anderen Mädchen schon für die Betten auf Elises Seite entschieden hatten, musste sich die arme Tessa, die als Erste angekommen war, mit

dem letzten freien Bett in der Ecke neben Belinda zufriedengeben.

"Hello", stellte sich die Araberin Elise vor. "I'm Deema. You're new, aren't you? Where do you come from? What school were you at before? Where do your parents live?"

Im Gegensatz zu Mimi und Belinda waren Deema und ihre Freundin Rosie ebenso freundlich wie neugierig. Später erzählte Deema, dass ihre Familie ursprünglich aus dem Libanon stammte, seit einigen Jahren aber hauptsächlich in London lebte. Rosie dagegen, ein etwas schüchternes, rehäugiges Mädchen, war in den USA zu Hause, in Texas. Ihr Vater war Amerikaner, ihre Mutter aus Argentinien. Nach vier Jahren im Internat bewegte sich Rosies Akzent irgendwo über dem Atlantik zwischen Amerika und England. Rosie und Deema waren beste Freundinnen.

"It was **awful to begin with**", erzählte Deema. "I mean, we were only eleven. Just babies, **really**. We **were** terribly **homesick**. I'd never been away from **home** before."

"And it's even harder when your parents live a long way away, like mine", seufzte Rosie. "At least yours can visit, Deems."

"True. But you know they always invite you out as well."

Inzwischen hatten alle sechs Mädchen ihre Sachen ausgepackt und weggeräumt – mit Ausnahme von Mimi, die zuerst Belinda ihre vielen neuen Kleider zeigen musste.

awful schrecklich
to begin with am Anfang
really *hier:* eigentlich
to be homesick Heimweh haben
home zu Hause

junior school Unterstufe
GCSE Abschlussprüfung Mittelschule
all kinds of aller Art
privilege Sonderrecht
junior Unterstufenschüler(in)
common room Gemeinschaftsraum
on one's own allein
in twos zu zweit
sixth former eine(r) aus der Oberstufe
to bribe bestechen
for ages ewig
to bump into sb jdn zufällig begegnen

"This term's going to be much more fun", fuhr Deema fort.
"How do you know?", wollte Elise wissen.
"Because we're in the Middle School now. It's really boring in **Junior School**; you're not allowed to do anything. Years Ten and Eleven, up to **GCSE**, are Middle School. We have **all kinds of privileges** that the **juniors** don't."
"Like what?"
"Like our own **common room**, and being allowed to go shopping in town **on** our **own** – well, **in twos**. In Juniors you can only go shopping if a **sixth former** agrees to go with you, but they never want to. You have to **bribe** them with chocolate."
"And we get a disco!", mischte sich Mimi in das Gespräch ein. "There'll be one just before Christmas, with boys from the boys' school. We don't meet any boys at all in Juniors."
"Well, except at the Pemberton Schools garden party last summer", widersprach ihr Belinda. "What happened with that boy Richard? The one with the dark hair? You were talking to him **for ages**. He really liked you."
"Do you think so?" Mimi schmunzelte. "Yeah, maybe ... He was quite sexy, wasn't he? I wonder if we'll **bump into** him in town this term."

Irgendwo unten im Haus ertönte ein seltsames, blechernes Geräusch.
“The gong!”, rief Deema.
Alle sprangen von ihren Betten auf und eilten zur Tür.
“The gong? What’s that?”, fragte Elise.
Deema lachte. “Dinner time! Come on – **I’m starving**, aren’t you?”

I’m starving. Ich sterbe vor Hunger.

SETTLING IN

From: elise@weidemanns.co.uk
To: annagoldenberg93@hotmail.com
Subject: I MISS YOU!!!

Hi Anna!

SORRY SORRY SORRY!!! I know I said I'd write as soon as I got here, but I've been really, really busy. There are so many things to **get used to.** *I'm writing to you from the Year Ten Common Room in my boarding house, Cats (St Catharine's). We have computers here we can use to do our homework, but we can't all be online at the same time.*

Thank God for **texts**! *It's sooo good to hear a friendly voice!! I think I'm starting to settle in now, but it's all still a bit* **weird**. *Cats is about fifteen minutes' walk from school. I know that doesn't sound like much – but because we have lunch in the houses we have to walk from here to school and back FOUR TIMES A DAY. That's a whole hour of power walking every day! I'll be mega-fit* **by the time** *I see you again.*

There are twelve girls in my year in Cats, six of us in each dorm. Most of them are okay, but there's this girl called Mimi who's a real **bitch**. *She's always mak-*

to get used to sth sich an etw gewöhnen
text SMS
weird seltsam
by the time wenn
bitch Miststück

ing nasty ***comments****, and she* ***orders*** *everyone* ***around*** *as if she owns the place. She seems to be really popular, though; I can't think why.*

The other thing is that everyone is ***kind of paired off****, like* ***married couples****!! Everyone has a best friend who they do everything with. We have to have a 'walking partner' everywhere we go outside school – which is really just to and from the house, though* ***apparently*** *we're allowed into town as well, at the weekend and on our Games afternoon.*

Anyway, I always end up having to walk with this girl called Tessa because nobody else wants to. They're all quite mean to her; they call her Ginger because she's got red hair, and they ***make fun of*** *her all the time. I feel sorry for her because she's actually quite a nice person, but she is* ***irritating****. She thinks we're best friends now – she lives in Germany and she's always following me around and trying to talk to me about it.*

But I already have a best friend!!! I really really ***wish*** *you were here. I miss you almost as much as Mama and Papa. ☹ Can't wait till* ***half term*** *…*

The food here is really ***disgusting****,* ***by the way****.* ***Fatty*** *meat and* ***overcooked*** *vegetables, nearly always followed by* ***some*** *kind of heavy pudding. The worst thing is that the matrons watch to make*

comment Bemerkung
to order around herumkommandieren
kind of irgendwie
to be paired off paarweise auftreten
married couple Ehepaar
apparently anscheinend
to make fun of sb sich über jdn lustig machen
irritating nervig
to wish sich wünschen
half term *hier:* Herbstferien
disgusting ekelhaft
by the way übrigens
fatty fettig
overcooked zerkocht
some irgendein

anorexic magersüchtig
prudish prüde
naked nackt
to take a deep breath tief einatmen
to get dressed sich anziehen
Bloody hell! Mannomann!
to strip off sich ausziehen
bra BH
pants Unterhose
to turn round sich umdrehen
to wriggle about sich winden
bedclothes Bettzeug
flesh *hier:* nackte Haut
to be a pain nervig sein
plenty of reichlich
certain bestimmt
every other day jeden zweiten Tag

sure we actually eat this horrible stuff. They won't let you leave the table if you don't – apparently they're worried about us becoming ***anorexic****. They wouldn't have to worry if they actually gave us food we could eat! YUCK!!*

The other weird thing is that the others are all really ***prudish****. I thought because they've all shared a room for the last three years that they'd be used to seeing each other* ***naked****, or at least in their underwear – we're all girls here, after all. So when I heard the bell the first morning I* ***took a deep breath****, jumped out of bed, took off my pyjamas and started to* ***get dressed****. BIG MISTAKE!!!* ***Bloody hell*** *– you should have seen their faces!! You'd have thought I'd* ***stripped off*** *in the middle of the street! There I was standing by my bed with my back to the room, putting on my* ***bra*** *and* ***pants*** *– but when I* ***turned round*** *the other five* ***were*** *all* ***wriggling about*** *underneath the* ***bedclothes*** *trying to put on their underwear without anyone seeing any* ***flesh****!! Weird. They probably wear swimming costumes in the bath as well. That's definitely the last time they see my naked bottom …*

Baths here ***are a pain****. There are* ***plenty of*** *showers (with plastic curtains, of course!), but there aren't enough bathrooms, so we're only allowed baths at* ***certain*** *times* ***every other day****, and there's always a* *queue. If you stay in the bath for more than about ten minutes the next person starts* **banging** *on the door. We have to go to bed REALLY EARLY – we***'re supposed to** *be in bed at 9 p.m., and 'lights out' is at 9.30!!! Can you believe it?! The matrons come round and turn the light off. Of course we turn it* back *on again* **straight away**, *but they keep coming back to check. Because there are six of us in the dorm there's usually someone who wants to go to sleep earlier than everyone else and* **moans** *if the light stays on. Sometimes I read with a* **torch**, *or take my book to the* **loo** *until one of the matrons makes me go back to bed …*

"Hey, Elise, have you nearly finished?" Hinten im Gemeinschaftsraum wurde Rosie ungeduldig. "I've done my homework and I really need to get on the Internet."
"Yes, sorry – I won't be a minute."

Phew *– that's enough for now!! I wanted to tell you a bit about school as well, but I'll* **save** *that for next time. Please write back soon – tell me all your news and what everyone else is doing! KEEP* **TEXTING***!!! We're only allowed our mobiles in the mornings and evenings, though, not in school, so don't* **be cross** *if I don't answer straight away …*
Lots and lots and lots of love and BIG BIG **hugs**
from
Lisi xxxxxxxx

to bang klopfen
to be supposed to sollen
straight away sofort
to moan meckern
torch Taschenlampe
loo Klo
Phew! Puh!
to save aufheben
to text simsen
to be cross sauer sein
hug Umarmung

Elise las die Mail schnell noch mal durch und schickte sie ab. "There you are, Rosie. Computer's free."
"Finally!" Rosie sprang auf und eilte zum Rechner. "You've been on there for ages."

to chat sb up jdn anmachen
to try it on probieren, wie weit man gehen kann
to ignore ignorieren

"Sorry." Elise setzte sich in einen Sessel in der Ecke und kramte in ihrer Schultasche nach dem Roman, den sie für den Englischunterricht lesen sollte. *Jane Eyre* von Charlotte Brontë. Irgend so ein alter Klassiker. Aber gar nicht so schlecht. Als sie an der Stelle angelangt war, an der Jane in das grauenvolle Lowood-Internat geschickt und dort von allen Leuten, Schülerinnen wie Lehrern, schikaniert und gedemütigt wurde, schluckte Elise. Okay, zugegeben, ganz so schlimm war es hier nicht. In Pemberton's mussten sie immerhin nicht morgens erst das Eis im Waschbecken zerschlagen, um sich kalt zu waschen (obwohl, wer wusste das schon so genau, der nächste Winter kam bestimmt ...). Außerdem war es kaum vorstellbar, dass es den Lehrerinnen hier einfallen könnte, eine Schülerin vor der ganzen Klasse stundenlang zu demütigen. Nein, so schlimm war es wirklich nicht. Aber Janes Einsamkeit und ihr Gefühl, eine Außenseiterin zu sein, konnte Elise gut nachempfinden. Jane wurde schließlich von einer älteren Schülerin in Schutz genommen und Elise las gespannt weiter, um zu erfahren, was als Nächstes passierte, als sie Mimis Stimme im Nebenzimmer vernahm.
"... came up to me on the beach and started **chatting me up.** I mean, guys are always **trying it on**, of course, and usually I just **ignore** them, but he was

sooo **cute**. He had a fantastic body: tall and brown and athletic, with an **amazing six-pack**. And we actually had a proper conversation, about music and TV and stuff."

"How old was he?" Olivia, ein Mädchen aus dem anderen Schlafsaal, die auch zu Mimis Clique gehörte, klang äußerst interessiert.

"Quite old. Nineteen. He's just started **college** in **the States**."

"Wow." Das war wirklich beeindruckend. Aber klar – wenn eine so wie Mimi aussah, war es natürlich kein Problem, sich mit knapp fünfzehn einen angehenden College-Boy zu angeln.

"So what happened?" Belinda hing wie immer an Mimis Lippen.

cute süß
amazing erstaunlich
six-pack Waschbrettbauch
college *hier:* Studium
the States die USA
to meet up sich treffen
to hang out abhängen
to chat quatschen
pissed besoffen

"Well ... we **met up** most days and just **hung out**, played volleyball and went swimming and **chatted** and stuff. I met some of his friends as well. They were all really cool. Then one night they invited me to go with them to a big party on the beach."

Mimis Stimme wurde leiser. Ohne sich zu rühren starrte Elise auf ihr Buch und spitzte die Ohren.

"Everyone was drinking rum and Coke, and we were all quite **pissed**. Then Brad ..."

Olivia kreischte. "*Brad?* Seriously – he was called *Brad?!*"

"Sssshhh!", zischten die anderen.

"What's wrong with *Brad*?", fragte Mimi etwas beleidigt. "Lots of Americans have names like that. You would**n't exactly kick** Brad Pitt **out** of bed, would you? Anyway – it was really **romantic**. We were sitting on the beach looking up at the stars, and he just **leaned** over and kissed me. We lay there on the sand for ages, just kissing ..."

Belinda schnaubte. "Just kissing – yeah, right."

"Okay then ... it was a bit more than just kissing."

"How much more?"

Mimi kicherte. "Not telling!"

So einfach kam sie aber nicht davon. "You can't tell us half the story and not tell us the details!"

"No! It's **private**."

"Oh, Mimi, go on!"

Mimi zierte sich noch eine Weile, rückte aber dann doch mit Einzelheiten heraus. "Suddenly he said, 'Why don't we go for a midnight swim?' I said I didn't have my bikini on, and he said, '**Doesn't matter**.' And then he just stood up, took off his swimming trunks, and ran into the sea!"

"Oh my God! What did you do?", flüsterte Olivia.

"What did he look like?"

"Belinda!"

"Well, come on! We want to know!", beharrte Belinda.

"It was dark", wich Mimi aus. "I couldn't see properly. But he **certainly** wasn't ... I mean ... well, let's just say he wasn't exactly small!"

Alle drei krümmten sich verlegen vor Lachen.

"Mimi – you didn't strip off as well, did you?"

not exactly nicht gerade
to kick out rauswerfen
romantic romantisch
to lean sich beugen
private privat
Doesn't matter. Macht nichts.
certainly ganz bestimmt

"Come on! Who do you think I am – Elise?"
Als sie so unerwartet ihren Namen hörte, durchfuhr es Elise wie ein elektrischer Schlag. Ihr wurde heiß und kalt und ihre Hände, die noch das Buch hielten, wurden ganz feucht.
"Yeah – *she* would, wouldn't she."
"Well, you know **what** Germans **are like**."
"No, what?"
"Apparently they're always taking their clothes off. A cousin of mine went to Munich once. She said she was walking through a park in the middle of town and there were all these people just lying about on the grass **completely** naked!"
"Eeeuurgh! That's **perverse**!"
"She said Germans go to saunas all the time, men and women together, and they don't wear swimming costumes or towels or anything."
Olivia und Belinda waren entsetzt. "Do you think *she* does that?"
"Of course she does. Look how she stripped off **the other morning**. I tell you what: I **bet** she's not a **virgin**."

what sb is like wie jd so ist
completely komplett
perverse pervers
the other morning neulich
to bet wetten
virgin Jungfrau

Elises Gesicht wurde feuerrot. In ihrer Brust kochte eine Mischung aus Scham, Zorn und Verwirrung. Zwar ging sie selbst ungern in die Sauna, aber was zum Teufel sollte daran so schlimm sein? Machte man das in England – beziehungsweise in Barbados – nicht? Na ja ... wahrscheinlich ging man in Barbados gar nicht in die Sauna, dort war es im Freien bestimmt schon heiß genug.

A propos heiß – was war denn nun zwischen Mimi und ihrem Beachboy geschehen? Zu Elises Erleichterung hatte Olivia das Gespräch wieder auf das ursprüngliche Thema gelenkt: Sie wollte unbedingt wissen, wie die Geschichte zu Ende ging.

"Well … I jumped into the sea in my bra and pants", erzählte Mimi, "and we **were splashing about** in the water and laughing when he pulled me towards him and started kissing me again. He **was a** really **good kisser**, actually. Definitely the best I've been out with. I was **pretty distracted**, though, because he … well, it was dark and we were in the water, but … I mean, he wasn't wearing anything, you know …? And then he started to take off my bra …"

Belinda und Olivia verschlug dies den Atem. "Did you *let* him?"

"No … Well, not that time." (More **gasps**.) "Come on, he was nineteen!", verteidigte sich Mimi. "What do you expect?"

"Mimi – you didn't …?"

"*No!* Of course not!" Jetzt war Mimi genervt. "Oh my God, you two are so **nosy**! Why don't you tell me what *you* **got up to** in the holidays?"

"Nothing", antwortete Olivia verdrießlich. "Bedford's not as **glamorous** as Barbados. And there isn't a **single attractive** boy in the whole town."

Elise hatte genug gehört. Mehr als genug. Leise er-

to splash about herumplanschen
to be a good kisser gut küssen können
pretty ziemlich
distracted abgelenkt
gasp Huch!
nosy naseweis
to get up to sth etw anstellen
glamorous glanzvoll
single einzig
attractive attraktiv

hob sie sich aus ihrem Sessel, schlich aus dem Gemeinschaftsraum und ging nach oben in den Schlafsaal.
Noch war das Zimmer leer. Lange konnte das aber nicht dauern. Hier wohnte man so eng beieinander, dass irgendjemand einem ständig auf die Pelle rückte. Mittlerweile genoss Elise, die es bisher gewohnt war, ihr eigenes Zimmer zu haben und auch mal die Tür hinter sich schließen zu können, jede Sekunde, die sie für sich allein hatte. Komisch, dass man sich so danach sehnen konnte, allein zu sein, und sich zugleich unter so vielen Leuten einsam fühlte. Elise nahm ihr Handy aus der Kommode und tippte drauflos.

```
Hallo! Wie läuft's in Schanghai?
Seid ihr schon in der neuen Woh-
nung oder noch im Hotel? Alles
o.k. hier. Ich vermisse euch.
```

Sie hielt inne. Wie gern hätte sie sich jetzt mit ihrer Mutter unter vier Augen unterhalten, ihr von der Schmach beim Anziehen erzählt und sich versichern lassen, dass sie, Elise, nicht total hässlich, sondern hübsch und liebenswert war, dass sie nur deswegen noch keinen Freund hatte, weil sie noch nicht den Richtigen getroffen hatte. (Okay: Danny Taylor hatte sie auf Annas Party im Mai geküsst, aber das zählte nicht. Es hatte sich wie eine riesige Schnecke angefühlt, die sich an ihrem Mund festgesaugt hatte. Das konnte kein richtiger Kuss gewesen sein. So was würde sich keine freiwillig antun wollen.)

Aber für solche Tochter-Mutter-Gespräche brauchte man etwas Feingefühl, damit die Mutter einfach nur auf die gestellten Fragen antwortete und dabei die gewünschte Unterstützung gab, ohne das Gefühl zu bekommen, sie könnte ihr 'Kind' nun über sein ganzes Privatleben ausquetschen. Am Telefon konnte man so was keinesfalls besprechen und erst recht nicht in einer SMS.

```
Hockey-Qualifikationsspiele dieses
Wochenende. Habe mich angemeldet.
Drückt mir die Daumen!!! Lots and
lots of love, Lisi xxx
```

Es dauerte lange, bis das Handy endlich piepste und versicherte: *Message sent*.

Elise legte sich auf ihr Bett und schloss die Augen. Sie stellte sich vor, wie ihre Nachricht in dem kleinen virtuellen Umschlag um die halbe Welt flog, um schließlich in der Mailbox ihrer tief schlafenden Eltern in der fremden Metropole zu landen. Es war eine verdammt lange Reise.

SCHULALLTAG

From: elise@weidemanns.co.uk
To: annagoldenberg93@hotmail.com
Subject: Boarding School Blues, Part 2

Hi Anna,

Where are you?! Did you get my last mail? Please write back soon – I really miss you!!

I promised I'd tell you about school as well. It's not at all like our school in Bristol. Most of the buildings are really old, ***Victorian*** *I think. The old* ***bits*** *are* ***made of*** *stone, and there are lots of long dark corridors and* ***arched windows*** *and* ***wooden staircases****.*

Outside there are ***lawns*** *and paths instead of a playground. It's kind of like Harry Potter, but without the magic or the* ***gowns*** *(though this green uniform is bad enough…).*

Every morning the whole school has to ***march*** *into the main hall for assembly. We have o walk in* ***silence****, and there are teachers and* ***prefects*** *on every corner telling us to be quiet, pull our socks up, tie our hair back, etc. etc. You don't want to let Miss Carter* ***catch*** *you – she's the*

Victorian viktorianisch
bit Teil
made of aus
arched window Bogenfenster
wooden staircase Holztreppenhaus
lawn Rasen
gown Robe
to march marschieren
silence Schweigen
prefect Aufsichts-schüler(in)
to catch erwischen

***deputy headmistress**, and she's a real cow. She's always giving people **detention** for stupid things like walking on the wrong bit of grass or arriving two minutes late for a lesson.*

*Assembly goes on FOREVER!!! (Well, fifteen minutes.) They call it 'Prayers' here – we sing **hymns**, and there are **Bible readings** and prayers and everything! It's like a mini **church service** every morning!! Apparently this is normal in private schools.*

We all have to go to church on Sundays as well.

*There are five classes between 9.20 a.m. and 1 p.m., with one twenty-minute break. Then there's the power-walk to the house and back for lunch, and three more lessons in the afternoon. Then we come back for tea, do our homework in the Common Room before dinner, and have a couple of hours free (AT LAST) before bed. I usually still have homework to finish, though. AND we have school on Saturday mornings!! It's just Religion, homework, and **Games**, but still – we don't seem to do anything here except work.*

*There's no chance of **sneaking out** of school **during** the day (you'd be spotted in town straight away because of the uniform), and as soon as we're back in the house at night all the doors are locked.*

Talking of** Games, though – we had the hockey **trials

deputy headmistress stellvertretende Schulleiterin
detention Arrest
hymn Kirchenlied
Bible reading Bibellesung
church service Gottesdienst
Games Sport
to sneak out hinausschleichen
during während
talking of … wenn man von … spricht
trial *hier:* Probespiel

at the weekend, and GUESS WHAT??? I ***made it*** *on-to the school team!!! I'm only a reserve, but hey – not bad for a newbie!! Cats is a really* ***sporty*** *house – we've got two other girls in the school team as well. Mimi – the bitch I told you about in my last mail – plays* ***Left Inner****, and our* ***Head of House****, Lucy, is the team captain. Most of the sixth formers are quite* ***snobby*** *and re-ally* ***talk down to*** *the younger girls, but when Lucy (who's Chinese and lives in Hong Kong) heard that my parents had just moved to Shanghai she asked if I'd been there yet and told me a bit about it. It actually sounds quite interesting. Apparently there's a market where you can get cheap* ***fake*** *designer clothes, and a very high TV tower where the* ***lift*** *goes so fast it makes your ears* ***pop****.*

Oh, I forgot the really exciting thing – it looks as if we're actually going to meet some BOYS!!! You know, that ***alien species*** *that's never seen in girls' board-ing schools, those strange* ***creatures*** *we're not even supposed to talk to,* ***let alone*** *be friends with …? (Hahaha … No, but really, most of the girls have been locked up here since the age of 11; they don't seem to have any* ***male*** *friends at all, and the only thing they think about when boys are mentioned is* ***whether*** *or not they* ***fancy*** *them. If I told them about Josh and Pete and all the other guys you and I hang out*

to make it es schaffen
sporty sportlich
Left Inner Linke(r) Innenfeld-spieler(in)
head of house *etwa:* Internats-sprecher(in)
snobby versnobt
to talk down to sb mit jdm herab-lassend reden
fake gefälscht
lift Aufzug
to pop ploppen
alien außerirdisch
species Spezies
creature Kreatur
let alone geschweige denn
male männlich
whether ob
to fancy sb auf jdn stehen

with, they'd never believe we could just be friends. In fact, they'd probably ***assume*** *I'd slept with all of them, which is why I never talk about them!)*

Anyway – apparently our German teacher suddenly got ill and had to ***leave just before*** *the start of term, and the school decided that because not many girls are doing German we could have classes at the boys' school instead!!!*

All of us who are doing German GCSE have to walk over to the boys' school for lessons. They're going to let us walk there ***unaccompanied*** *(shock, horror), but we've been given strict* ***instructions*** *to stay together* ***AT ALL TIMES****! And we have to come back immediately after the lesson, otherwise there will be trouble.*

Unfortunately*, although there are only eight girls doing German in my year (apparently foreign languages aren't very popular* ***these days*** *– people think they're too difficult!), one of them is … MIMI. AAAAAARGH!!! I can't* ***get away from*** *her!!!*

Well, at least it should be a bit more normal, having lessons with girls and boys together. I thought I'd like being just with girls all the time – you know what a pain boys can be! – but actually it's kind of weird. Girls in a big group can be really ***bitchy****. Two of the girls in my dorm, Deema and Rosie, are nice – I* ***get on*** *quite* ***well with*** *them. They're best friends,*

to assume annehmen
to leave gehen
just before kurz vor
unaccompanied ohne Begleitung
instruction Anordnung
at all times zu jeder Zeit
unfortunately leider
these days heutzutage
to get away from sb jdm entkommen
bitchy gehässig
to get on well with sb sich mit jdm gut verstehen

though, and sometimes ***I can't help feeling that three's a crowd****.*
Oh God, another mega-mail – sorry!! I'll shut up now and wait for you to write back (soon! please!!!)
Lots and lots of love and hugs
Lisi xxxxxx

I can't help feeling
ich kann mich des Eindrucks nicht erwehren
Three's a crowd.
Drei sind einer zu viel.

DEUTSCH-UNTERRICHT

"Guten Morgen, alle miteinander. Wollen wir uns erst mal vorstellen? Also, ich bin Herr Neumann und euer Deutschlehrer." Mr Newman blinzelte hinter seiner Brille und lächelte in die Runde. "Und wie heißt ihr?"
Schweigen.
Mr Newman versuchte es noch mal. "Jungs, wir wollen höflich sein und unsere Gäste willkommen heißen. Seid so nett und stellt euch vor, einer nach dem anderen." Der Lehrer ergänzte sogar seine Bitte mit einer Art Gebärdensprache, um sie verständlicher zu machen, erntete aber nur Gekicher und leises Geflüster, und das ausschließlich in Englisch.
"Does anyone know **what he's on about**?", sagte ein Junge abfällig.

what he's on about
wovon er redet

"Sorry, sir, can you say that in English?"
"Also, ich vermute ..." – Mr Newman griff nach der Namensliste – "... dass wenigstens eine Person in diesem Raum mich versteht. Stimmt's, Elise? Welche von euch jungen Damen ist Elise Weidemann?"
Elise zuckte zusammen. Sie wünschte, er hätte nicht gleich vor der ganzen Klasse auf ihre Sprachkenntnisse hingewiesen. Zum Deutschunterricht musste sie nur deshalb, weil sie nächstes Jahr die GCSE-Prüfung machen sollte und weil sie sonst eine Lücke in ihrem Studenplan hätte. Klar, dass sie die deutsche Sprache

beherrschte, schließlich war das ihre Muttersprache! Aber was für eine Chance hatte sie sich anzupassen, wenn ständig auf ihr Anderssein hingewiesen wurde? Langsam und widerwillig hob sie die Hand. Ein leises Raunen ging durch das Klassenzimmer.

"Aha", sagte Mr Newman, sichtlich erleichtert. "Du bist also Elise. Du bist Deutsche, nicht wahr?"

"Yes", antwortete Elise mürrisch.

"Woher kommst du?"

Elise blieb stur. "From Bristol."

Einige von den Jungs fingen an zu lachen. Mr Newman schaute sie prüfend an. Er schien zu kapieren, dass er sie in Verlegenheit gebracht hatte, und machte mit Tessa weiter.

Tessa erklärte allen begeistert, dass sie in Deutschland lebte, doch mit diesem grauenvollen Akzent konnte Elise sie kaum verstehen.

Nachdem die Mädchen sich vorgestellt hatten, waren die Jungen an der Reihe. Der erste war ein großer, schlanker, gutaussehender Typ mit zerzausten braunen Haaren, die er immer wieder mit der Hand nach hinten streifte.

"Hi. I'm Richard", sagte er lässig. Er kippte auf seinem Stuhl nach hinten, verschränkte die Arme und schenkte seinen Mitschülerinnen ein schräges, selbstbewusstes Lächeln.

"Auf Deutsch, bitte", sagte Mr Newman zum wiederholten Mal. "Und mit Nachnamen."

"Hi, ich bin Richard White." Richard rollte die Augen, das Lächeln wurde zum Grinsen.

Mimi kicherte.

Mr Newman blieb unbeirrt. “Siehst du, ist doch gar nicht so schwierig. Erzähl uns bitte etwas von dir, Richard.”
“Huh?” Richard schaute den Lehrer irritiert an.
“Du hast mich schon verstanden. Erzähl uns etwas von dir. Wo wohnst du? Hast du Geschwister? Was hast du in den Sommerferien gemacht? Hast du eine Freundin? Erzähl einfach. Irgendwas. Hauptsache, auf Deutsch.”
Richards Stuhl kippte wieder nach vorn. Seine Freunde grölten vergnügt. “Yeah, come on, Rich, have you got a girlfriend? Who’re you **going out with** now?”
“Sir!” Richard’s Stimme war übertrieben vorwurfsvoll. “You can’t ask a man stuff like that! It’s **personal**.”
“White”, erwiderte Mr Newman, “I will do **whatever it takes** to **extract** a German sentence from you before the class is **over**. I don’t care what that sentence is; I don’t care whether the information it **contains** is true or false, **as long as** it is **grammatically** correct and longer than ten words.”
Richard schien es sich zu überlegen. “Okay”, gab er schließlich nach. “Erm… Nein … ich … habe nicht eine Freundin.”
Die Jungen jauchzten begeistert. Mimi lächelte verstohlen und konzentrierte sich auf ihre Fingernägel. Mr Newman blieb hartnäckig.

to go out with sb mit jdm gehen
personal persönlich
whatever it takes alles was nötig ist
to extract entlocken
over vorbei
to contain beinhalten
as long as solange
grammatically grammatisch

"*Keine* Freundin. More than ten words, please."
"Nein, ich habe keine Freundin, und ... und ... ich auch in Bristol wohne."
"Und ich wohne auch in Bristol." Mr Newman seufzte. "It's like pulling teeth, getting a sentence out of you lot. You do realize, don't you, that you'll have an **oral exam** as part of the GCSE? They'll expect you to be able to **hold a** simple **conversation**, so you'd better start practising. Und weiter. Wer ist dran?"

oral exam mündliche Prüfung**to hold a conversation** ein Gespräch führen

Nach und nach stellten sich die anderen Jungen auch vor. Drei waren offensichtlich Kumpels von Richard: Jono, ein etwas kleinwüchsiger Junge mit verschmitztem Lächeln und scharfer Zunge, Matt, ein bulliger Typ, der wie ein Rugby-Spieler aussah, und Louis, dicklich und blond, der sich durch Herumalbern und übereifriges Lachen über die Sprüche der anderen darum bemühte, von den cooleren Jungs akzeptiert zu werden.
Elise fand seine Sprüche allerdings überhaupt nicht witzig, sondern im Gegenteil ziemlich blöd. Ihr Ton war immer abfällig und sarkastisch, außer wenn irgendeine schlüpfrige Zweideutigkeit dahintersteckte, über die sich die andern jedes Mal köstlich amüsierten. Dabei ignorierten sie die Mädchen völlig, obwohl sie sich ihrer Anwesenheit offensichtlich durchaus bewusst waren. Elise fand dieses Benehmen sehr eigenartig.
Aber auch die Mädchen benahmen sich anders als sonst. Sie sagten nicht viel, kicherten nur ab und zu

und bewegten sich mit einer seltsamen Befangenheit. Alle trugen die Haare unerlaubterweise offen und fuhren sich ständig mit der Hand hindurch. Die meisten hatten einen vornehm gelangweilten Gesichtsausdruck aufgesetzt und wandten sich betont nicht zu den Jungs um, gaben sich aber gleichzeitig Mühe, gelegentlich scheinbar unbeteiligt zu kontrollieren, ob sie trotzdem beobachtet wurden.

Elise war auch nicht entgangen, dass ihre Mitschülerinnen ihre Uniformkleider anscheinend mit denen vom vorletzten Jahr verwechselt hatten. Die Blusen spannten eng über den Brüsten, die Röcke reichten nicht annähernd bis zum Knie, und obwohl es draußen ziemlich frisch war, hatten sich die meisten für ihren Blazer entschieden statt für den üblichen langen, weiten Regenmantel.

Mr Newman kämpfte sich tapfer durch die Doppelstunde. Als nach achtzig Minuten die Glocke schellte, floh er regelrecht aus dem Klassenzimmer. Ohne ein Wort mit den Mädchen zu wechseln, stürmten die Jungen ihm nach und verschwanden im Flur. Aber nachdem Elise und die anderen ihre Bücher eingepackt und den Ausgang gefunden hatten, stießen sie wieder auf Richard und seine Freunde, die draußen vor der Tür herumlungerten.

"Hi, girls", sagte Richard. Er schaffte es, sogar diesem harmlosen Satz einen fast sarkastischen Ton zu verleihen. "Back to **prison**?"

"Yeah." Mimi schmunzelte.

"We'**re going for a** quick **fag**. Want to join us?"

prison Gefängnis
to go for a fag eine rauchen gehen

"No, thanks", sagte Soraya, eine Malaysierin aus Elises Klasse.
"Wasn't asking *you*", erwiderte Richard höhnisch. "Mimi? Want to come?"
Mimi zögerte.
"You can bring them too if you want." Richard deutete auf Elise und zwei andere Mädchen.
"What – you're inviting the **Kraut**?" Mimi lachte höhnisch. "No, then I think I'll **give it a miss**."
Wieder überwältigte Elise dieses starke, hässliche Gefühl, diese Mischung aus Zorn und Scham. Wie konnte Mimi bloß so gemein sein? Obwohl sie Richard nicht sehr sympathisch fand, war Elise trotzdem irgendwie geschmeichelt, von ihm ausgewählt, als 'one of the **gang**' einbezogen zu werden. Das konnte sie aber gleich vergessen. Mit ihrer gehässigen Bemerkung hatte Mimi den Jungen sofort zu verstehen gegeben, dass Elise bei den Mädchen unbeliebt war.
"I don't want to come, anyway. I don't smoke", sagte Elise, so lässig sie konnte.
"Oh, no, of course not", feixte Mimi. "It's *not allowed*, is it?"
"Mimi, come on, we have to go", sagte Soraya ungeduldig. "They'll kill us if we're late."
"You going into town on Saturday?", fragte Richard Mimi.
"Don't know yet."
"Maybe see you there."
"Yeah, maybe. Bye." Mimi drehte sich um und stolzierte wie eine Prinzessin davon.

Kraut
(abfällig) Deutsche(r)
to give sth a miss
etw bleiben lassen
gang Clique

gorgeous umwerfend
built gebaut
knickers Slip
kitten Kätzchen
honestly ehrlich
lacy mit Spitze
idiot Dummkopf
boobs Titten

Die anderen Mädchen trotteten hinter ihr her. Kaum waren sie auf offener Straße und außer Sichtweite der Jungen, fingen alle an, begeistert durcheinanderzureden.
"Wow, Mimi!" Tessa zupfte an Mimis Ärmel. "That's the guy you met at the garden party last term, isn't it? He's **gorgeous**!"
"Yeah, he's all right." Mimi tat völlig unbeeindruckt.
"I think Matt's nice", sagte Emily, ein Mädchen aus St Joan's, einem anderen Internatshaus.
"Well, yes, I suppose, if you like them **built** like King Kong", kommentierte Mimi. "He looks like a rugby player. He's probably really thick."
"Are you going to go into town on Saturday?", fragte Tessa.
"Yeah, I might", antwortete Mimi lässig. "I've got to go shopping anyway. My dad sent me some money; I want to buy some nice underwear."
"Oh! They have some sweet **knickers** in that shop on the High Street", sagte Emily. "There are some with days of the week, and some with **kittens** and things."
Mimi schaute sie ungläubig an. "Are you serious? Do I look like the kind of girl who wears kitten knickers?"
Emily sah betreten aus. "They're sweet, **honestly**."
"I'm looking for **lacy** designer stuff, you **idiot**. Or G-strings in interesting colours. And some nice bras. My **boobs** have grown so much in the last few months that all my bras are too small." Mimi seufzte und schaute stolz auf ihren eindrucksvollen Busen.

Den ganzen Weg zurück zur Schule wurde über Reizwäsche geredet. Elise lief schweigend mit. Bei diesem Gespräch konnte sie nicht mithalten. Ihre Mutter kaufte Elises Slips in Fünferpackungen bei Marks & Spencer. Hauptsache bequem und praktisch. Über andere Sorten von Unterwäsche hatte sie sich noch nie ernsthaft Gedanken gemacht. Vielleicht sollte sie das tun.

Nach der Schule holte Elise wie immer ihr Handy im Internatshaus ab. Hurra! Drei Nachrichten! Sie nahm das Handy mit in den Speisesaal, steckte ein paar Scheiben Toastbrot in den Toaster, goss sich einen Becher Tee ein, setzte sich an den langen Tisch und las die SMS-Nachrichten. Die erste war von Anna. Wie schön! Anna war eine echte Freundin. Auch wenn sie nur selten mailte und dann immer nur kurz, schickte sie doch jeden Nachmittag mindestens eine SMS, damit sich Elise auf dem Heimweg von der Schule auf ihre tägliche 'Post' freuen konnte.

CU (=see you) soon. Bis bald.

```
Hi Lisi, good day? Josh and Pete
say hi. We're going to a gig to-
morrow at the uni; Josh's brother
got free tickets!! Am very
excited. Got 80% in maths test
today. Mum & Dad pleased; promised
me new bike if I got good mark!
How's school? Mimi behaving?? Miss
you lots; CU soon! Anna xxx
```

Elises Daumen flog über die Tasten.

> Hi Anna, **well done** in maths! Hope **U** get the bike. Who's playing at the uni? No, Mimi not behaving, complete bitch. Had 1st German class w. boys 2day. Will mail. **Btw,** do U think G-strings **R** **tarty**? More later, lots love L xxxx

Die zweite SMS war von ihren Eltern.

> Liebste Lisi, hoffe, du fühlst dich heute nicht ganz so einsam. Kann schon ein paar Wochen dauern, bis du dich eingelebt hast – danach wird bestimmt alles besser. Melde dich bei Alex, er soll dich besuchen kommen. Wir rufen dich am WE an. Ganz liebe Grüße aus dem schwülen Schanghai, Mama+Papa.

Well done! Gut gemacht!
btw (=by the way) übrigens
R (=are)
tarty nuttig

Bei Alex brauchte sich Elise aber nicht zu melden, die Mühe hatte er schon von selbst auf sich genommen. Das hieß: Wahrscheinlich hatten ihn die Eltern dazu aufgefordert.

```
Hallo **Li'l Sis**, wie geht's?
Soll ich dir Sonntag einen
Gefängnisbesuch abstatten? Feile
im Kuchen versteckt. LG, Alex.
```

Elise grinste.

```
Ja, bring Kuchen, ich mache
Kaffee. 16h? Freue mich! LG,
Li'l Sis.
```

Li'l Sis
(='Little Sister')
Schwesterlein

Window Shopping

"Right. Well, that wasn't at all bad."
Miss Paterson, die Sportlehrerin, stand in der Tür zum Umkleideraum. Elise zog erleichtert ihre schlammverschmutzten Hockeystiefel aus. Zwei Stunden hatte die Mannschaft im Nieselregen trainiert, nun waren alle nass, verdreckt und ziemlich fertig. Aber sie hatten sich gut eingespielt. Außerdem machte das Herumrennen auch Spaß. Nach einer Woche Ganztagsschule konnte man die ganze aufgestaute Energie auf dem Spielfeld rauslassen. Und am nächsten Samstag sollte das erste Spiel der Saison stattfinden.

"You all need to **make sure** you **keep your eye on** the ball", mahnte Miss Paterson. "Lucy: be more **aggressive** when you're attacking. Mimi, watch your **stickwork**. Elise: well played – that was a nice start. I'll make the **final** decision about the team on Monday. Have a good weekend, everyone."
Elise joggte zurück ins Cats, wo Deema und Rosie in der Eingangshalle ungeduldig warteten.
"Hurry up!", rief ihr Deema schon von Weitem zu. "I've already **signed** us all **out.**" Sie deutete auf das große Buch, in dem sie aufschreiben mussten, wer

window shopping Schaufensterbummel
to make sure darauf achten
to keep one's eye on sth etw im Auge behalten
aggressive aggressiv
stickwork Umgang mit dem Hockeyschläger
final endgültig
to sign out sich austragen

wann mit wem wohin gegangen war. “We have to be back by five – that only gives us two hours.”
“Plenty of time”, keuchte Elise. “We’re just going shopping, aren’t we?”
“Well, yes, shopping and tea and a bit of walking around.”
“But we want to make the most of it.” Rosie grinste. “It’s our first proper trip into town.”
Elise duschte sich in Windeseile, zog ihre Freizeitklamotten an und gesellte sich zu den Freundinnen. Mrs Roberts kam gerade aus ihrem Büro.
“Going into town, girls?”
“Yes, Mrs Roberts.”
“You know which areas are **out of bounds**, don’t you?”
“Yes, Mrs Roberts.”
“**Jolly good.** Remember to stay together, and make sure you’re back by six. Have a nice afternoon.”
“Yes, Mrs Roberts.”
Die Haustür fiel hinter ihnen ins Schloss. Elise, Deema und Rosie liefen wohlgesittet über den kleinen Parkplatz, aber sobald sie auf die Straße bogen und das Haus hinter sich ließen, gab es kein Halten mehr. Endlich frei! Jauchzend rannten sie los und machten erst Halt, als sie kurz vor der Innenstadt und völlig außer Puste waren.

out of bounds verboten
Jolly good. Prima.
anything in particular irgendwas Bestimmtes

“Where shall we go first?”
“Let’s walk down the High Street.”
“Do you want to buy **anything in particular**?”, fragte Elise.

"Not really", antwortete Deema. "I haven't got any money. I just want to go window shopping."
Sie schlenderten an einigen kleinen Geschenkeläden vorbei und schauten sich die witzigen, nutzlosen Artikel und lustigen Karten darin an. Elise kaufte einen kleinen fauchenden Drachen aus Keramik. Er ähnelte einem Teufelchen, das sie mal auf dem Wandgemälde in einer italienischen Kirche gesehen hatte, wo sie mit Alex und ihren Eltern im Urlaub gewesen war.
"What's the matter?" Rosie sah sie besorgt an. "Are you okay?"
"Oh – yes, I'm fine", sagte Elise. "I was just thinking about home."
"About Bristol?"
"Er – kind of. Actually, I was thinking about my family. And **Italy**. And Germany ... Europe, I suppose." Elise stockte und wusste nicht mehr so recht, was sie damit eigentlich sagen wollte. Großbritannien war schließlich auch ein Teil Europas, selbst wenn die meisten Engländer diese Tatsache gern ignorierten. "I don't know. I'm not sure I know where home is any more."

Italy Italien
Argentinian argentinisch
wherever wo auch immer

Rosie lächelte. "It's confusing, isn't it? I never know whether I feel more English or American. I don't feel very **Argentinian**, but I suppose I'm that as well. Home is just **wherever** my family is."
Elise schüttelte den Kopf. "Shanghai's definitely not home. I haven't even been there yet." Sie überlegte. "You're right, though; I suppose home is wherever my

parents are. But it's also the place where I **feel** most **comfortable** – that would be Bristol, with my friends... Maybe home's a feeling, not a place."

"Maybe you can have lots of different homes", sagte Rosie.

Elise lächelte. "We have this word in German – *Heimat*. You can't really translate it. **It sort of means** 'home', or 'home country', but it's more than that. It's where you're *from*."

"Where you **belong**?", fragte Rosie.

"Something like that."

Sie bummelten weiter. Als Nächstes kamen ein paar vornehme Geschäfte mit sündhaft teuren, aber ziemlich spießigen Kleidern. Die drei Mädchen deuteten kichernd auf die Schaufensterpuppen, deren künstliche Hochnäsigkeit genau der der Frauen entsprach, die solche Kleider trugen. Deema nahm die verrenkte Haltung und den arroganten Gesichtsausdruck einer Puppe an und stakste hin und her vor dem Fenster. "Daaaaaaahling!", kreischte sie. "**I wouldn't be seen *dead* in** anything that cost less than five hundred pounds. I'll be wearing this horrible **suit** tomorrow for tea with the Queen."

Elise und Rosie machten mit. "Daaaahling! What a wonderful dress! You'll **go** perfectly **with** the sofa." Sie schmatzten sich gegenseitig Küsschen zu und posierten kichernd vor dem Schaufenster. Eine Verkäuferin, die verärgert herausschaute, versuchte sie wegzuscheuchen.

to feel comfortable sich wohl fühlen

it sort of means es bedeutet so etwas wie

to belong hingehören

I wouldn't be seen dead in sth like that. Nicht mal als Leiche würd ich so was tragen wollen.

suit Anzug

to go with sth zu etw passen

"Rosie darling, look at this **cheeky servant**", improvisierte Deema weiter. "Come on, girls, let's go somewhere where we'**re appreciated**."

cheeky frech
servant Diener(in)
to appreciate zu schätzen wissen
it's about es geht um
spoilt verwöhnt

Weiter unten fanden die Mädchen ein paar Modeläden, die ihrem Geschmack besser entsprachen. Sie probierten aus Spaß ein paar Kleider an, aber keine hatte genug Geld dafür. Mit Bedauern hängten sie sie zurück an die Stange.
"I don't really need any new clothes, anyway", sagte Elise.
Deema schaute sie mit großen Augen an. "**It's** not **about** needing them", sagte sie, "it's about wanting them!"
"But you've got lots of nice clothes."
"Exactly. I know I don't need these trousers, but I still want them! I wish my dad were more like Mimi's. He buys her anything she asks for. Mine won't. He says he doesn't want me to be **spoilt**."
Elise seufzte leise. Ihr ging es ganz ähnlich. Dafür liebte sie die Sachen, die sie dennoch von ihren Eltern bekam, umso mehr – wie zum Beispiel diese rote Baskenmütze. Sie betrachtete sich nochmals im Spiegel. Mit der Mütze sah sie richtig schick aus. Und außerdem war es eine Erinnerung an die Eltern.
"Come on, Elise!" Deema und Rose standen schon an der Tür. "Let's go and have tea."
Draußen auf der Straße mussten sie erst mal klären, in welches Café sie gehen wollten, als Elise eine dunkle Masse erblickte, die ihnen auf dem Bürgersteig entgegenkam. Samstags durften die Pemberton-Jungen

nur in Uniform in die Stadt, wobei sie natürlich alles taten, damit diese nicht wie eine Uniform aussah. Mit gelockerter Krawatte, offenen Kragenknöpfen, die Jacke lässig an einem Finger über die Schulter gehängt, stolzierten sieben Jungs auf die Mädchen zu.

Zu ihrem Entsetzen erkannte Elise einige von denen aus dem Deutschunterricht – und ehe sie sich verstecken konnte, erkannten sie sie auch.

“Hey, look! It’s the Kraut!”

Bei dieser Begrüßung wirkte Jonos breites Grinsen nicht freundlich, sondern gefährlich. Elise wusste nicht, wie sie reagieren sollte. Jede Antwort könnte die Typen zu weiteren Beleidigungen ermutigen. Sie zu ignorieren, wäre unhöflich und war außerdem unmöglich, da Jono direkt vor ihr stand. Aber sie war nicht besonders schlagfertig und genau jetzt fehlte ihr ein wirklich cooler Spruch. Was tun? Unsicher schaute sie zu Deema und Rosie.

“What’s the matter, don’t you recognize us?” Jono drehte sich ungläubig zu seinen Freunden um. “Hey, **lads**, she doesn’t recognize us!”

lads Jungs

“Maybe she doesn’t understand English”, gab der dicke Louis zu bedenken. Er fing an, betont langsam zu sprechen, und ahmte dabei die Gebärdensprache von Mr Newman nach: “Hello – do – you – speak – English? We – met – in – German – class, remember?”

Alle kicherten. Spott schien ihnen am meisten Spaß zu machen.

Deema und Rosie, die die Jungen natürlich nicht kannten, begriffen schnell, dass das keine Freunde waren. Mit eiskaltem Blick wandte sich Deema an Louis und Jono.

"I think you must have the wrong person. This is my friend Elise Weidemann, who speaks perfect English. **Unlike you**, it seems." Volltreffer. Die Jungs kicherten erneut, diesmal auf Kosten von Louis. "I'm sorry", fügte Deema mit eisiger Höflichkeit hinzu – obwohl es ihr offensichtlich ganz und gar nicht leid tat – "I didn't **catch** your name ...?"

"Louis", nuschelte Louis, etwas beschämt.

"Louis. Well, nice to meet you, Louis. I'm Deema Husseini. What a very French name you have. *Parlez-vous français?*"

Louis schaute verwirrt aus. "Er – no, I'm English."

Deema seufzte. "And you don't speak French? Oh, **what a shame**." Sie schenkte den andern ein blendendes Lächeln. "It's *so* important to be able to speak another language these days, isn't it?"

"Not when everyone speaks English", meinte Jono.

"Ah" – Deema lächelte – "but they don't, do they? As we can see." Sie deutete herablassend auf Louis. "Poor thing. It must be awful, not being able to **communicate** properly. I suggest you all work on simple sentences like, 'Hello, how are you?', 'Nice to see you', and 'My name is Louis'. Then maybe we can have a conversation. Bye bye."

unlike you
im Gegensatz zu dir

to catch
hier: mitbekommen

What a shame.
Wie schade.

to communicate
kommunizieren

Entschlossen nahm Deema Elise und Rosie am Arm. "**Heads up** – don't look back", zischte sie.
Als sie ihren Kopf hob, merkte Elise, dass Richard mit von der Partie war. War er von Anfang an dabei gewesen?
Arm in Arm und hoch erhobenen Hauptes liefen die drei Mädchen schnell weiter. Hinter sich hörten sie die Jungen erneut grölen; ob sie sich über die Mädchen lustig machten oder ob Louis jetzt die Zielscheibe des Spotts geworden war, wollten sie schon gar nicht mehr wissen. Sie bogen in die erste Seitenstraße ein, blieben stehen und holten tief Luft.
"Wow, Deema, you were brilliant", sagte Elise. "Thanks so much. I didn't know what to say."
"Who *were* those idiots?" Deema war zornig. "They were so rude! Why were they being so horrible to you?"
Elise zuckte die Achseln. "They're from my German class. I guess they just don't like Germans."
Sie wollte nicht petzen, dass Mimi diejenige war, die mit diesem 'Kraut'-Geschwätz angefangen hatte.
"Oh, **for God's sake**." Auch Rosie war genervt. "That's **ridiculous**! They've probably never even met any Germans before. And if they don't like them, why are they learning their language? Who are they going to talk to?"
"How did you manage to say all that stuff?" Elise bewunderte Deemas Art, den Jungs zu zeigen, was sie von ihnen hielt. "I can never think of anything to say when people are mean. I get really angry and **upset**, and if I do say anything at all I just sound stupid."

Head up.
Kopf hoch.
For God's sake.
Um Gottes willen.
ridiculous
lächerlich
upset aufgebracht

Deema lächelte traurig. "You're not the only one who has to deal with stupid **prejudice**. A lot of people **act** funny with me and my brothers because we're **Arabs**, even though we've lived here all our lives. Sometimes people – **complete strangers** – say really horrible things. My dad always says the best way to show them how stupid they're being is to smile and be **firm** but very, very **polite** – even if you're **furious** inside. It doesn't always work, but shouting at them doesn't help either."

prejudice Vorurteile
to act *hier:* sich benehmen
Arab Araber(in)
complete stranger Wildfremde(r)
firm bestimmt
polite höflich
furious wütend
copper kettle Kupferkessel

"I think we all need that tea." Rosie holte sie zurück auf den Boden. "Which café shall we go to?"
"I don't know any cafés here", sagte Elise. "We went to one with my brother once when we came to visit him, but I don't remember what it was called."
"There's the one at the top of the department store", schlug Deema vor.
"No, I don't like it there", sagte Rosie sofort. "It's got horrible plastic chairs. Why don't we go to Starbucks? Or Café Nero?"
Elise stöhnte. "That's boring. Everyone goes to Starbucks."
"Exactly – that's where everyone meets up!", meinte Deema.
"You don't want to meet up with those boys, do you?"
"Hm. Maybe you're right. ... What about the **Copper Kettle**?"
"Where's that?"

“On Church Road, above the **antique shop**.”
“Sounds good.”
Zehn Minuten später saßen die drei im gemütlichen kleinen Teeladen um einen ‘**pot** of Earl Grey for three’ und teilten sich ‘scones with jam and cream’. Trotz der unangenehmen Begegnung mit den Jungs – oder vielleicht gerade deswegen – fühlte sich Elise zum ersten Mal seit ihrer Ankunft im Internat richtig wohl. Es machte Spaß, mit Deema und Rosie unterwegs zu sein. Und wie Deema sie verteidigt hatte! Vielleicht könnten sie alle drei Freundinnen sein.

antique shop Antiquitätenladen
pot Kanne
lingerie Damen-unterwäsche

“Hi, guys!” Mimi, in hautenger Hose und einem Oberteil, in dem sie bei dem kühlen Herbstwetter eigentlich hätte erfrieren müssen, platzte in die friedliche Caféatmosphäre hinein. Hinter ihr dackelte Belinda, ähnlich leicht bekleidet, die sowohl ihre eigene als auch Mimis Taschen schleppte.
Zwei alte Damen schauten die Mädchen missbilligend an, flüsterten miteinander und schüttelten die Köpfe.
Mimi und Belinda holten Stühle und setzten sich ganz selbstverständlich zu den dreien, die um den kleinen runden Tisch zusammenrücken mussten.
“So what have you been doing?”, fragte Mimi.
“Oh, we just went window shopping, and then we came here. How about you?”
Mit dieser Gegenfrage hatte Mimi schon gerechnet.
“Well, I found some really nice underwear in that little **lingerie** shop on Park Square. What do you think?”

Sie holte drei bunte String-Tangas und einen hellblauen Spitzen-BH mit dazugehörigem Höschen hervor und wedelte damit unter den Nasen ihrer Mitschülerinnen herum. Aus der Alte-Damen-Ecke kam ein lautes Zischen.

"Pretty, aren't they?"

"Mimi, for God's sake, put your knickers away!", kicherte Deema. "We're eating!"

"Oh, tea – good idea. Don't we get any service here? *Waitress!*"

"Mimi! That's so rude!"

"Well, where are they? *Waitress!*"

Ein älterer Herr kam die Treppe herauf und starrte Mimi missmutig an.

"Tea for two and a piece of carrot cake", befahl Mimi. "Belinda? What are you having?"

"Er – could I have a piece of chocolate cake, please?"

Der Mann nickte schweigend und verschwand. Mimi beugte sich verschwörerisch über den Tisch und senkte endlich die Stimme. "Guess who I saw this afternoon."

"Richard White?"

Natürlich wussten auch Rosie und Deema von dem schönen Richard, der Mimi nach dem Deutschunterricht angesprochen hatte. Die ganze Woche über hatte sie abends, nachdem das Licht gelöscht worden war, von nichts anderem geredet. Reges Interesse seitens Tessa und Belinda hatte zu langen nächtlichen Diskussionen geführt, was er sich bei seiner Avance gedacht hätte (Schlussfolgerung: ganz bestimmt an Mimi interessiert), wie er gegen die anderen Jungs abschnitt (definitiv am attraktivsten), was man sonst über ihn wusste (recht wenig, außer dass er keine Freundin hatte, aber damit war das Wichtigste geklärt), und ob er dem verflossenen Brad das Wasser reichen könnte (weitere Nachforschungen erforderlich). Elise hätte am liebsten Ohrenstöpsel gehabt.

"Where did you see him? Did you talk to him? What did he say?"

"Belinda and I bumped into him on the High Street with two of his friends. They were going to buy some CDs so we went with them. We chatted a bit about music and stuff, and then he suggested we went for a walk in the park."

"What, just the two of you?"

"No, the whole gang. Of course just the two of us, you idiot."

"Well, I don't know." Rosie war beleidigt. "You might all have gone for a walk together."

"Well, we didn't. It wasn't *that* kind of walk." Mimi lächelte bedeutungsvoll in die Runde.

Deema brachte es auf den Punkt. "So who kisses better, him or Brad?"

Mimi überlegte. "Hmm ... Brad was amazing. But for a fifteen-year-old Richard was pretty good too."

"Are you going to see him again?", fragte Belinda.

"I expect so. He said he'd text me. I'll see him in German class, anyway." Mimi musterte Belinda. "So, Bels, what happened after I left you with his friends?"

Belinda zuckte mit den Achseln. "Nothing. They left a few minutes after you did. I just looked at CDs and

waited for you to come back. I was afraid a teacher might see me."
"Why? What would have happened?", wollte Elise wissen.

to break the rules gegen die Regeln verstoßen
to be gated Hausarrest haben
exeat Ausgang
written schriftlich

"Well, it's **breaking the rules** to go anywhere on your own. Or with boys. If they catch you you're usually **gated**."
"Gated?"
"It means you're not allowed out", erklärte Rosie. "No shopping, and no **exeats** either."
"I don't think I'll be going on any exeats anyway", seufzte Elise. "My parents can't come, and my brother's not allowed to take me out anywhere because he's not an adult."
"Oh, that's not fair!", sagte Deema. "Listen – my parents are going to take me out for a weekend exeat soon. Rosie's coming – I'll ask them if it's okay for you to come too. I'm sure it'll be fine. You'll just have to get your parents to send **written** permission."
"Oh, that would be great!" Elise grinste ihre Freundin an. Mama hatte doch Recht gehabt: Nach ein paar Wochen im Internat schien es jetzt endlich bergauf zu gehen.

Herrenbesuch

"Elise Weidemann! Elise Weidemann!" Mrs Roberts' Stimme hallte durchs Haus. "Would someone please fetch Elise? She has visitors."
Elise raste die Treppe hinunter, schoss an Mrs Roberts vorbei, die vergeblich "Don't run, Elise!" rief, und riss die Tür zum Wohnzimmer auf. Noch nie hatte sie sich so gefreut, Alex' schief grinsendes Gesicht zu sehen. Glückstrahlend warf sie sich in seine Arme und drückte ihn so fest, dass er zu husten anfing.
"Hey, Sis, let me **breathe**! Wie geht's dir denn? Alles in Ordnung?"

to breathe atmen

"Jetzt schon." Sie lächelte. "Ich hab dich und deine blöden Witze vermisst. Unglaublich."
Alex klopfte sich auf die Brust und sagte augenzwinkernd: "Irgendwann musstest du ja mal einsehen, was für ein toller Hecht ich bin. Komm – say hello to my friends." Er führte sie zum Sofa. Erst jetzt merkte Elise, dass Alex noch zwei andere Jungen mitgebracht hatte. Den einen mit den blauen Augen und dunkelblonden Locken kannte sie schon: Er war ein guter Freund von Alex und auch mal in Bristol zu Besuch gewesen. Er war ganz nett, wenn auch ein bisschen langweilig.
"You remember Adam, don't you?"
Elise nickte. "Hi, Adam."
"And this is Gabriel. He's new this term, like you. We've decided to adopt him."

Gabriel lachte. "Yeah, your brother and his friends have been making my life so much easier. They've been playing all kinds of **practical jokes** on me."
"**Initiation rituals**, my boy. If we didn't do it, believe me, someone else would."
"Very kind. Nice to meet you, Elise." Gabriel lächelte. Er war das genaue Gegenbild von Adam: groß und schlaksig mit dunkelbrauner Haut, einer strengen, schwarz gerahmten Brille und kurzen, hochgestylten schwarzen Haaren.
"So **how are things?**" Alex warf sich wieder auf das Sofa und klopfte auf den Sitz neben ihm. Elise setzte sich und kuschelte sich an ihren Bruder.
"Horrible. Well, no, not horrible. But I really miss home. I mean, Mama and Papa."
"They're going to call this afternoon on my mobile", kündigte Alex an. "I told them I was coming to see you."
"I spoke to them last weekend. Mama didn't sound very happy."
"No ... I think she's finding it hard to make friends. She didn't say so, but it can't be easy for her. It's all right for Papa; he's got his work, and he seems to be enjoying it, but she doesn't know anyone in Shanghai."
"She said she was going to do a **beginners' course** in Chinese so she could meet people."
"That's a good idea", sagte Gabriel. "That's what my mum did when my parents moved to Tokyo."

practical joke
Streich
initiation ritual
Initiationsritual
How are things?
Wie geht's?
beginners' course
Anfängerkurs

"What, learned Chinese?", fragte Adam.
"No, **stupid**. **Japanese.** At least she can ask for things in shops now. And she did make friends with some of the other students."
"Do your parents live in Tokyo, then?", fragte Elise.
"Yes, they moved there a couple of years ago. My dad got a job out there – he works in I.T."
"Where did you live before?"
"Bangalore. The I.T. capital of **India**. My dad's Indian", erklärte er. "And before that we lived in Cambridge."
"I see." Gabriel hatte also ähnliche Erfahrungen gemacht wie sie und Alex. Immer wieder umziehen; immer wieder ein neues Zuhause.
"**How's it going**, Elise?", fragte Adam. "Have you made lots of new friends? Are they attractive? Can we meet them?"
"Adam, behave", warnte Alex, "or I shall have to send you home."
"Okay." Adam grinste. "Where are all the girls, though? Are they hiding from us big bad boys? Or did your housemistress **lock** them **up** before she let us in?"
Elise lachte. "No, it's not that bad. I don't know where everybody is. Some of my year were going for a walk; I suppose the rest of them are in the Common Room. The juniors are probably up in their dorms."
Wie aufs Stichwort öffnete sich die Tür zum Wohn-

stupid Dummkopf
Japanese japanisch
India Indien
How's it going? Wie läuft's?
to lock sb up jdn einsperren

zimmer und drei jüngere Mädchen aus Year Seven stürzten laut schnatternd herein. Beim Anblick der drei Jungen blieben sie aprupt stehen und verstummten. Mit offenem Mund starrten sie sie an, als seien sie vom Mond gefallen.
"Hello there", sagte Adam freundlich.
Die Mädchen schnappten nach Luft. "Sorry ... sorry", stammelten sie, drehten sich verwirrt um die eigene Achse und stürmten zurück in den Flur. Draußen gab es dann wildes Gekicher.
"It's all right, you can come in", rief Alex. Aber die Mädchen kamen nicht zurück.
"Weird", kommentierte Gabriel.
"Where were we? Oh yes. So what's the rest of your year like, Sis? Have you made any friends?", nahm Alex den Gesprächsfaden wieder auf.
Elise erzählte von Deema und Rosie und der Begegnung am vorigen Tag mit den Jungs. "Deema was great. She really stood up for me."
"Who were those idiots?", fragte Alex grimmig. "What are they called?"
"Louis and Jono. I can't remember their **surnames**. Oh, and Richard White."
"White! He's in my house. Really **fancies himself** – is that the one? Don't worry, I'll **sort** him **out**." Ausnahmsweise meinte es Alex ernst.
"No, no, it's okay", sagte Elise schnell. "It wasn't really him. I mean, he didn't say anything. It was his friends who were being horrible."
"But he was with them, right?"

surname
Familienname
to fancy o.s.
sich für was Besonderes halten
to sort sb out
jdn zusammenstauchen

"Yes – no – I don't know. Actually, no, I don't think so. I think he must have **come along** at the end. Honestly, he didn't say anything nasty. In fact ..." Elise überlegte. Eigentlich hatte Richard bis jetzt noch gar nichts zu ihr gesagt. Er hatte sie nur mit Mimi und den anderen auf eine Zigarette eingeladen. "I think he's okay. I mean, he seems quite arrogant, but it was his friends who were being rude."

to come along dazukommen
to boast prahlen
to be after sb jdn nachlaufen
to have a lie-in ausschlafen

"Hm." Alex schaute sie prüfend an. "You don't fancy him, do you?"
"No!" Elise konnte nicht verhindern, dass sie errötete. "Of course not! Like I said, he's really arrogant."
"Good. Girls always seem to fancy him, and believe me, he knows it. He'**s** always **boasting** about all the girls who **are after** him."
"Yuck. No. Don't worry."
Elise war das Gespräch peinlich, vor allem weil Adam und Gabriel amüsiert lauschten. Klar, dass sie für die beiden nur ein kleines Mädchen war – Alex' little sister. Sie beeilte sich, das Gespräch auf ein anderes Thema zu bringen.
"I hate having to get up for church on Sundays. There should be at least one day of the week when we can **have a lie-in**."
"Yeah, it's a pain, isn't it?", stimmte Adam zu und gähnte demonstrativ.
"We have to wear uniform as well", beschwerte sich Elise. "It's silly. I'm sure God wouldn't mind if we went in our own clothes."

"God wouldn't, but it wouldn't be as easy for the teachers to keep an eye on you", erklärte Adam.
"It's like wearing prison clothes", sagte Gabriel. "It's easier to spot you if you sneak off."
"Yeah. In fact, I think you're lucky you don't have to wear orange jumpsuits."
Elise kicherte.
Die Tür zum Wohnzimmer knarrte wieder. Diesmal waren es nicht die Kleinen von Year Seven, sondern Mimi, Belinda und Olivia. Als sie die Jungen bemerkten, änderte sich schlagartig ihr Verhalten. Sie schüttelten ihre Haare, setzten den gelangweilten Gesichtsausdruck auf, den Elise schon im Deutschunterricht an ihnen beobachtet hatte, und schlenderten lässig zu den Stühlen um den großen Tisch, wo einige Zeitschriften verstreut herumlagen. Sie ignorierten die Jungen geflissentlich, blätterten aber so schnell, dass sie unmöglich etwas vom Inhalt der Zeitschriften mitbekommen konnten. Gabriel, Alex und Adam unterdrückten ein Lächeln.
"Hello", sagte Alex.
Die drei Mädchen schauten hoch, als seien sie überrascht, dass außer ihnen noch jemand im Zimmer war.
"Oh, hello", sagte Mimi und erfasste mit einem prüfenden Blick die Situation: drei Jungs aus der Oberstufe und Elise, die neben einem von ihnen entspannt auf dem Sofa saß. Mimi lächelte zuckersüß. "Hi, Elise, how's it going?"
Offensichtlich wartete sie darauf, vorgestellt zu werden, aber Elise hatte nicht die geringste Lust, ihre Feindin in die gemütliche Runde aufzunehmen. Es war

ihr schon unangenehm, wie unverhohlen Adam Mimi anstarrte. Daher antwortete sie auf Mimis Frage nur mit einem frostigen Lächeln.

Aber so schnell gab Mimi nicht auf. “Is this your brother?”

Um eine Antwort kam Elise wohl nicht herum. “Yes”, bestätigte sie knapp. Adam und Gabriel guckten Elise an, von ihrer Unhöflichkeit überrascht. Mimi aber lachte süß und wandte sich direkt an Alex.

“Hi, I’m Mimi. I’m a friend of Elise – I’m in her dorm.”

“Hello”, sagte Alex kühl.

Mimis Lächeln flackerte kurz. “I didn’t realize she had a brother at Pemberton’s.”

“No”, sagte Alex. “I guess not. Well, nice to meet you.” Auch er lächelte, aber sein Ton machte deutlich, dass die Unterhaltung für ihn damit beendet war. Elise drückte sich dankbar an ihren Bruder. Der gute Alex! Er hatte keine Ahnung, was sich hier abspielte, aber er hatte sofort verstanden, dass es für ihre Unhöflichkeit einen Grund geben musste. Auf Alex war eben Verlass!

Mimi hatte das inzwischen auch kapiert und widmete ihre Reize jetzt ganz Adam und Gabriel. “I don’t think I’ve seen you around town”, sagte sie. “Are you new as well?”

Was soll der Blödsinn, dachte Elise irritiert. Natürlich hast du sie noch nie in der Stadt gesehen: Bis vor ein paar Wochen durftest du überhaupt nicht hier raus! Das mussten die Jungs doch wissen, oder?

Zumindest Adam ging jedoch gern auf die Konversationsfloskel ein. "Gabriel's new. I'm not. I guess we just haven't bumped into each other before." Er grinste.

"Right." Mimi schaute ihn prüfend an. "Sorry, what's your name?"

See you around. Man sieht sich.

"Adam Gardiner. This is Gabriel Kang, and Elise's brother Alex." Adam stellte auch die anderen vor. Es war offensichtlich, dass er von Mimi angetan war.

Elise versuchte, Gabriels Gesichtsausdruck zu deuten, wurde aber nicht schlau daraus. Er schien etwas zurückhaltend zu sein, aber vielleicht war er auch von Mimis Aussehen eingeschüchtert. Klar war jedenfalls, dass in Gabriels und Adams Augen Mimi kein 'kleines Mädchen' war, auch wenn sie nicht älter war als Alex' Schwester. Nicht zum ersten Mal wünschte sich Elise, sie sähe älter aus. Und schöner. Mit größerem Busen. Und nicht so unbeholfen. Und so weiter und so fort.

Gönnerhaft stellte Mimi nun auch Belinda und Olivia vor, die die ganze Szene stumm am Tisch verfolgt hatten, es aber nie gewagt hätten, selbst auf die Jungen zuzugehen. Jetzt grüßten und lächelten sie eifrig, standen auf und kamen herüber. Allerdings waren in ihrer Ecke alle Plätze belegt. Was nun?

Einen Moment lang befürchtete Elise, Adam würde trotzdem vorschlagen, sie sollten sich zu ihnen auf den Boden setzen. Aber wenn, dann war er zum Glück zu langsam.

"Well, nice to meet you all", sagte Mimi. "Maybe **see you around**." Mit einem letzten grazilen Haarschwung

schlenderte sie aus dem Zimmer, dicht gefolgt von Olivia und Belinda.
Alex drehte sich um und sah seine Schwester prüfend an. "So tell me – what was all that about? Who is this Mimi girl?"
Elise seufzte. "She's horrible. She'**s** always **going on about** how rich and beautiful she is and how all the boys are after her."
"Sounds as if she'd get on well with Richard White."
"She does", sagte Elise bedeutungsvoll.
Alex lachte. "Ach, so ist das! Is my Schwesterlein perhaps just a little bit jealous?"
"No! Not at all! I don't like her because she's a bitch, that's all. She's the one who called me a Kraut in front of Richard and the others after German class. That's why they started calling me that too."
"I see." Alex nickte und umarmte sie. "Okay, I agree. She's a bitch and we don't like her. Right, boys?"
"Er – right." Adam runzelte die Stirn. "She seemed okay to me, though."
"Yeah – we could all see what you were thinking!", sagte Alex und lachte. "Your tongue was practically **hanging out**!" Er mimte den vom Donner gerührten Adam, der es ihm mit einem Kissenwurf quittierte.

to go on about sth pausenlos über etw reden
to hang out raushängen

Noch eine halbe Stunde saßen sie da und quatschten. Zweimal schaute Miss Gibson ohne anzuklopfen herein, vermutlich um zu kontrollieren, dass nicht etwa geknutscht wurde; und als Lucy, die Internatssprecherin, kurz hereinkam, stellte sich heraus, dass sie sowohl Alex als auch Adam kannte. Im Gegensatz zu Mimi verstand sie aber, dass Elise die Zeit mit ihrem Bruder ungestört verbringen wollte, und verließ nach einem freundlichen Gruß das Zimmer.

Um halb fünf stürmte eine Horde Juniors herein, um fernzusehen, und es wurde auf einmal so laut, dass an eine ruhige Unterhaltung nicht mehr zu denken war. Schon standen die Jungen an der Eingangstür und wollten sich verabschieden, als Alex' Handy endlich klingelte.

"Das sind Mama und Papa!", rief Elise aufgeregt. "Ich will mit ihnen sprechen!"

"Hallo, Lisi!"

Wie schön war es, die Stimme der Mutter zu hören! Sie klang sehr weit weg. In der Leitung gab es eine kurze Verzögerung. Immer wieder überschnitten sich die Stimmen, sie mussten unterbrechen, nachfragen, wiederholen.

"Wie? Was hast du gesagt? ... Ja, das ist doch super mit dem Hockey-Team! ... Und du ... Was? ... Deutschunterricht, ja, ich weiß, ist schon blöd, aber die Engländer haben auch Englischunterricht – wie? Bei den Jungs? Na, wie aufregend! ... Nicht? Ach so. Okay. Aber du warst schon in der Stadt? ... Schön! Was hast du da gemacht? ... Ja, von den beiden hast du erzählt, das klingt doch schön. ... Na, klar darfst du zu Deema! Wir rufen Mrs Roberts an und klären das mit ihr. Freut mich, dass du jetzt ein paar Freundinnen hast! Vielleicht könnten Deemas Eltern uns vorher kurz anrufen ...? Und was ist mit dem Mädchen, das wir bei der Ankunft getroffen haben?

Die mit den roten Locken? ... Aha ... Aha ... Du bist aber nett zu ihr, oder? Sie schien mir ganz sympathisch ... Ja, uns geht's gut, ich habe jetzt meinen Chinesischkurs angefangen. Lisi, es ist eine unmögliche Sprache! Unglaublich, worauf man da beim Sprechen alles achten muss – wenn du dasselbe Wort in einem anderen Tonfall aussprichst, kannst du dich ganz schön blamieren. 'Pferd' statt 'Mutter' sagen, zum Beispiel. Sind beide 'Mah', aber irgendwie ... Ja, danke, ich glaube, du hast mich gerade 'Mutterpferd' genannt ... Willst du mit deinem Papa sprechen? Er steht ganz ungeduldig neben mir ... Gut, und dann gib uns bitte den Alex, mit dem möchten wir auch ein bisschen quatschen. Okay, Sweetheart, pass auf dich auf ... Klar vermisse ich dich! Ich drück dich ganz fest ... Ja, ich liebe dich auch! Tschüs ..."

Nachdem sie auch ihrem Vater versichert hatte, dass es ihr gut ging, und er seinerseits von der neuen Heimatstadt geschwärmt hatte, gab Elise das Handy widerwillig an Alex zurück. Von Mimi und ihren Hänseleien konnte sie den Eltern nichts erzählen. Was sollten die damit anfangen? Sie würden sich bloß Sorgen machen, helfen konnten sie ihr nicht. Bei diesen Gesprächen war nie Zeit, wichtige Dinge zu besprechen. Kaum freute sie sich, die Eltern zu hören, schon waren sie wieder weg.

Elise seufzte und hatte plötzlich Tränen in den Augen.

"Don't worry." Gabriel stand neben ihr und schaute sie mitfühlend an. "You'll see them soon."

Elise schluckte und riss sich zusammen. “Not that soon. Christmas is ages away.”
“The time goes faster than you think.”
Woher wollte er das wissen? “I thought you were new at Pemberton’s?”
“I am”, sagte Gabriel, “but I’ve been at boarding school for years. I was at a different one before. I hated it. It was very strict, and I didn’t really have any friends, so my parents let me change schools for the Sixth Form. Pemberton’s is much better.”
“I can’t imagine anywhere stricter than this”, seufzte Elise. “This school has so many stupid rules. We’re not allowed to do anything! The teachers watch us all the time. You know, the matrons even go through our things to check we haven’t got **cigarettes** or anything. Last year some girls were **expelled** for climbing out of the house at night to go and meet boys. They only got caught because they **wrote** about it in their diaries – and the matrons read them!”

cigarette Zigarette
to expel von der Schule verweisen
to write (wrote, written) schreiben

Gabriel lachte. “Well, that was just silly. You shouldn’t keep a diary if you’ve got something to hide. There’s always a chance someone’s going to read it.”
“But diaries are private! I’d kill anyone who read my private things. My mother never would.” Wieder stiegen Elise die Tränen in die Augen. “God, I miss my parents.”
“Yeah. I know how you feel.”
Auch Gabriel sah jetzt traurig aus.

Alex klappte sein Handy wieder zu. "Come on, guys. Time to go. Good to see you, Li'l Sis. Maybe we can meet up in town next time, away from your **man-eating** friend and all those screaming kids. I'll text you, okay?" Er legte einen Arm um ihre Schulter. "Cheer up. Halb so schlimm. Und wenn du willst, sag ich White, er soll seine Kumpels besser unter Kontrolle kriegen. Sag mir einfach Bescheid."

man-eating männermordend

"Ach, geht schon, danke. Ich komme zurecht."
"Tapferes Mädel! Na dann, tschüs – see you soon."

TOR, TOR, TOR!

From: elise@weidemanns.co.uk
To: annagoldenberg93@hotmail.com
Subject: HOCKEY MATCH!

winning *hier:* entscheidend
away game Auswärtsspiel
to cheer on anfeuern
support Unterstützung
sidelines Spielfeldrand
frustrating frustrierend
evenly matched einander ebenbürtig
back and forth hin und her
pitch Spielfeld

WE WON!!! WE WON!!! 2:1 – and guess who shot the ***winning*** *goal??! Yes – the heroine of the hour: Elise Weidemann, star of the Pemberton Girls hockey team!!!*

Anna, it was sooooo cool. I wish you could have seen it. I was happy just to be chosen as second reserve – I didn't think I'd actually get to play. It was an ***away game*** *against Cavell Girls' School. Apparently they've beaten us a few times before, and Miss Paterson made us do an hour's extra practice on Tuesday to make sure we were ready. Quite a few girls came with us to* ***cheer*** *us* ***on,*** *so we had some* ***support*** *from the* ***sidelines*** *– which of course is where I was too for the whole of the first half. It was very* ***frustrating*** *– the two teams were* ***evenly matched****, and for ages the ball just went* ***back and forth*** *in the middle of the* ***pitch*** *without coming anywhere near a goal. Mimi was playing really badly. She missed at least three chances to move* *the ball up the field, and then just before half time she didn't* ***mark*** *her* ***opponent*** *properly – with the result that Cavell's* ***got through*** *and scored the first goal. Aaargh!*

Miss Paterson called us all over and the players stood there ***sucking*** *oranges while she gave the whole team a* ***pep talk****. One of the girls was a bit slow because of a leg injury, so Paterson decided to* ***replace*** *her with the first reserve. And now – this is the good bit! She* ***told*** *Mimi* ***off*** *in front of everybody for playing so badly, and went on about all the things she needed to improve. Mimi just made excuses, and I thought Paterson was going to send her back out – but then suddenly she told Mimi to take my place on the bench, and put me in as Left Inner!!!*

Cavell's marked us really closely in the second half, but Lucy (who plays ***Centre Forward****) managed to get through and* ***even the score****. It stayed that way until just before the end. I'd been running up and down like crazy when suddenly I saw the ball coming my way. I ran with it* ***right*** *down the pitch,* ***dodging*** *everyone who came towards me. When I got to the other end I looked round quickly to see who I could* ***pass*** *it to – but there wasn't anyone! Lucy was coming up fast behind me, but so were the Cavell girls. So it was just me and this great big empty space*

to mark *hier:* decken
opponent Gegner(in)
to get through durchbrechen
to suck lutschen
pep talk aufmunternde Worte
to replace ersetzen
to tell sb off jdn rüffeln
to even the score das Ausgleichstor schießen
Centre Forward Mittelstürmer(in)
right direkt
to dodge ausweichen
to pass *hier:* abspielen

and an ***enormous*** *goalkeeper standing there* ***like*** *she was going to eat me for breakfast. I took a deep breath and* ***whacked*** *the ball as hard as I could right from the* ***edge*** *of the circle. It shot past her into the net so fast that I don't think she even saw it coming – and* ***then the whistle blew****!*

It was brilliant! Everyone ***congratulated*** *me – except Mimi, ha ha! She* ***sulked*** *in the* ***changing room*** *and wouldn't talk to anyone on the bus. Lucy said, "Fantastic goal, well done!", and Miss Paterson said she was* ***proud*** *of me and that I could play again in a couple of weeks!*

Afterwards *I went into town with Tessa to celebrate (with coffee, not* ***champagne****!), and today* ***I'm*** *so* ***stiff*** *I can* ***hardly*** *move. But it was* ***worth*** *it!*

Oh, and another bit of good news – you know I told you Deema invited me to go on an exeat with her and Rosie? I wasn't sure whether she was serious, but now it's ***official*** *– her dad's coming to take her out next weekend, and Rosie and I are both going with her! We'll drive up to London and stay at her parents' flat in Kensington, go out for dinner with her family, then on Sunday we'll get the train back to school together (****groan****). I can't wait – I'm really excited!!!*

Deema's family sound lovely, and it'll be great to get out of prison for the weekend. Only another three

enormous gewaltig
like *hier:* als ob
to whack *hier:* donnern
edge Rand
Then the whistle blew. Da kam der Abpfiff.
to congratulate gratulieren
to sulk schmollen
changing room Umkleideraum
proud stolz
afterwards danach
champagne Sekt
to be stiff Muskelkater haben
hardly kaum
worth wert
official offiziell
to groan stöhnen

weeks till half term, hurrah! Believe me, I'm counting the days ...
What else? Well, we had German lessons with the boys again this week. I just try to keep quiet and hope that Mr Newman will forget about me. What usually happens, though, is that if nobody else can answer the question he asks me, which makes me look like a real **know-all**. *I mean, I can't* **pretend** *I don't know what a word means in my own language, can I?!*
They don't say anything nasty in front of Mr Newman, but I can hear them whispering and **giggling** *whenever I open my mouth.*
The worst bit is after class. All the girls have to walk back together, and Mimi and some of the others always want to hang around talking to the boys, so we all have to wait for them. The boys always make stupid comments if they get a chance. They call me 'the Kraut' and sometimes they shout out things like 'Achtung, Schweinehund' (which by the way doesn't even make **sense***). Last Thursday Jono gave a* **Nazi salute** *when I went past! I was so* **shocked** *– if he did that in Germany he could get* **arrested***! I try to ignore them, but it really* **upsets** *me. None of the girls says anything to stop them.*
Honestly, Anna, these boys are nothing like Josh and the others. They really ARE a different species. You can't talk to them normally at all. If you just say hello

know-all Besserwisser(in)
to pretend so tun als ob
to giggle kichern
sense Sinn
Nazi salute Hitlergruß
shocked schockiert
to arrest verhaften
to upset sb jdn durcheinander bringen
to snigger kichern

to one of them, the others start ***sniggering*** *as if you'd said something dirty. They don't seem to have any idea of how to behave around girls – although I have to* ***admit*** *that the girls aren't much better. It's* ***embarrassing*** *to watch them; they* ***toss*** *their hair and* ***flutter*** *their* ***eyelashes*** *and giggle at everything the boys say, however rude or stupid it is. I don't understand it! I mean, the girls are actually all much* ***smarter*** *than the boys, but they don't act it when they're with them.*

Well, so much for boarding school ***romance****. How about YOU??! I want to know what happened at the party yesterday! Did you* ***get off with*** *Chris? Honestly, I think he's fancied you for ages, he's just too nice to do anything about it. You're going to have to be brave and* ***make the first move****!*

So – did you ***pounce*** *or not??*

TELL ME ALL!!!

Lots and lots of love from me xxxxxxx

Lisi

to admit zugeben
embarrassing peinlich
to toss schütteln
to flutter one's eyelashes mit den Wimpern klimpern
smart schlau
romance Romantik
to get off with sb jdn aufreißen
to make the first move den ersten Schritt tun
to pounce über jdn herfallen

A Wrong Turning

Am liebsten hätte Elise die nächste Deutschstunde geschwänzt. Widerwillig ging sie mit den anderen Mädchen hin, setzte sich in die hinterste Ecke des Klassenzimmers und versuchte, so unauffällig wie möglich zu wirken. Es nutzte nichts. Mr Newman war so begeistert davon, jemanden in der Klasse zu haben, der Deutsch beherrschte, dass er sich immer wieder an sie wendete, um den Unterricht voranzutreiben.

"So who can tell me what this means? ... Richard? No? How about you, Emily? ... Soraya? Matt? ... Anyone? ... Come on, Elise, I know you can tell us. Please could you explain to the rest of the class why the cupboard is **dative**?"

"Well, because the cups aren't moving", nuschelte Elise.

"Right – the cups are *in* the cupboard – *in dem Schrank*. But if I were to put the cups *into* the cupboard I would put them *in den Schrank* – **accusative**."

Mr Newman lächelte. "That **reminds** me of a funny **expression** in German. Do any of you know what it means if I say 'Sie hat nicht alle Tassen im Schrank'?"

Schweigen. Elise starrte den Lehrer entsetzt an. Einige Schüler schüttelten desinteressiert den Kopf.

turning Abzweigung
dative Dativ
accusative Akkusativ
to remind sb of sth jdn an etw erinnern
expression Ausdruck

"Well, see if you can translate it. Richard? *Sie hat nicht alle Tassen im Schrank.*"
"She ... doesn't have ... all the cups in the cupboard." Richard schnitt eine Grimasse. "What does *that* mean?"
"We have some similar expressions for the same thing in English", deutete Mr Newman an. "Think about it."
Bitte, bitte, erklären Sie es ihnen nicht, betete Elise.
"Oh!" Ausgerechnet Tessa war draufgekommen. "Does it mean she's a bit crazy?"
"That's right, Tessa", sagte Mr Newman zufrieden. "It's like saying 'she's not all there'."
"A few sandwiches **short of** a picnic", kicherte Jono.
Jetzt waren die Jungs aber aufgewacht. "She's lost her **marbles**."
"The lights are on but nobody's home."
"The stairs don't go all the way to the attic."
"All right, boys, thank you, that's enough." Mr Newman schien endlich zu merken, dass die Jungs ihre 'Übersetzungen' an Elise richteten. "Homework. Find ten interesting German phrases and their English **equivalents**. If they're not direct translations, write those down as well – in English and in German."
Lautes Stöhnen. "Sir! That exercise isn't in our books! Where are we supposed to find the phrases?"
Mr Newman packte schon seine Sachen ein. "You've heard of the Internet, haven't you? See you on Thursday."
Kaum hatte die Glocke geläutet, floh Elise wie von wilden Wespen verfolgt aus dem Klassenzimmer Rich-

short of zu wenig für
marble Murmel
equivalent Entsprechung

tung Ausgang. Sie wusste, dass sie draußen am Tor auf die anderen Mädchen warten musste, hoffte aber, dass die Jungs ihr nicht so weit folgen würden. Am besten nahm sie einen anderen Weg, dann konnten sie sie nicht überholen. Gesagt, getan. Elise entdeckte eine offene Tür, lief hindurch und befand sich plötzlich in einem großen Innenhof. Hunderte von Jungen in dunkelblauen Uniformen strömten an ihr vorbei auf dem Weg zur nächsten Stunde. Als sie Elise bemerkten, schauten sie sie mit großen Augen an. Ein Mädchen hier in ihrer Mitte? Und ganz allein? Einige fingen an zu kichern und stupsten ihre Nachbarn an. Immer mehr Augen richteten sich auf den Eindringling. Der ganze Hof schien sie anzustarren. Elise wurde fast schwindlig vor Verlegenheit. Zurück konnte sie nicht, wenn sie ihrer Deutschklasse nicht direkt in die Arme laufen wollte. Aber wie kam sie dann hier raus?

“Elise, hi! What are you doing here?”

Elise wirbelte herum. Gabriel! Gott sei Dank! Vor Erleichterung wäre sie ihm fast um den Hals gefallen. “Oh my God! You gave me a shock! I’ve just had German class and I … I **took a wrong turning**. How do I get out?”

“Back through the door behind you and turn left”, sagte Gabriel freundlich. Elise zögerte. “Is something the matter?”

“Erm … is there another way out? I need to get to the front gate. They’ll be waiting for me there. But I – I don’t want to go back that way.”

Gabriel runzelte die Stirn, bohrte aber nicht nach. “You can go across the **court** and through that door

to take a wrong turning falsch abbiegen
court Hof

over there. It's a bit more **complicated**, though ... Come on, I'll show you."
Ohne sich im Geringsten von den anzüglichen Bemerkungen seiner Mitschüler stören zu lassen, führte Gabriel Elise zielsicher durch die Menschenmenge. Eigentlich war sein Benehmen ganz normal freundlich, aber was für ein Kontrast zu den furchtbaren Jungs aus ihrer Deutschklasse! Freilich war zu erwarten, dass Alex sich nur mit netten Leuten anfreundete.

complicated kompliziert
lab(oratory) Labor
Physics Physik
Chemistry Chemie
combination Kombination
to study studieren

Auf der anderen Seite des Hofs kamen sie durch eine kleine Tür in ein neues Gebäude. Es roch etwas seltsam, nach Chemikalien.
"These are the new science **labs**, look", erklärte Gabriel. Er öffnete eine Tür und zeigte ihr einen leeren Raum, in dem Bunsenbrenner und Reagenzgläser auf blitzblanken Tischen standen. An einer Wand gab es eine Vitrine mit sorgfältig beschrifteten Glasbehältern voller Flüssigkeiten, Kristalle, Metallteilchen und buntem Pulver. "These labs are really good compared to the ones in my last school. That's another reason why I wanted to come here. Pemberton's is good for science."
"Are you doing science A levels?", fragte Elise.
"Yes. **Physics**, **Chemistry**, Biology, Maths and I.T."
Elise staunte. "You're doing five?" Normalerweise lernte man nur drei Fächer bis zur Prüfung.
"Yes, it's not that unusual with sciences. They're a good **combination**."
"Do you know what you want to **study** at uni?"

"I'm not sure yet. My dad wants me to do I.T. because you can earn good money as a computer **programmer**. I quite enjoy it, but actually I prefer Chemistry and Biology. I think I'd like to do **research**." Gabriel schob seine Brille hoch und schaute ernst drein. Elise unterdrückte ein Lächeln. Ja, das passte gut zu ihm. Sie konnte sich lebhaft vorstellen, wie er als alter, belesener, vielleicht etwas weltfremder Professor seinen Studenten ein kompliziertes Verfahren erklärte. Gabriel musste sehr intelligent sein, den Eindruck hatte Elise schon bei ihrer ersten Begegnung im Cats gehabt, obwohl sie nicht so genau sagen konnte, woher eigentlich. Bestimmt war es nicht nur diese markante Brille.

programmer Programmierer(in)
research Forschungsarbeit-
Never mind. Macht nichts.

"Come on." Gabriel grinste und anstelle des alten Professors sah sie nun wieder Alex' großen, schlaksigen, etwas unbeholfenen Freund. "Let's get you out of here. This way."
Um vom Chemielabor zum Haupteingang zu gelangen, ohne durch den Hof zurückzugehen, mussten sie einen Umweg über drei lange Flure machen. Auf einmal schien die Schule menschenleer, dabei waren höchstens fünf Minuten vergangen. Alle waren in die Klassenzimmer verschwunden, der Unterricht hatte begonnen.
"Aren't you going to be late?", keuchte Elise.
"**Never mind**", antwortete Gabriel. "Here you are – this is the main entrance. Will you be okay from here?"

"Yes, I'll be fine. Thanks so much!" Elise riss die Tür auf, winkte Gabriel zu und rannte hinaus.
Das grelle Sonnenlicht schien ihr direkt ins Gesicht. Sie schirmte ihre Augen mit der Hand ab, lief weiter Richtung Tor. Wo waren denn die anderen? Sie sah sich nach allen Richtungen um, aber ihre Klassenkameradinnen waren nirgends zu sehen. Wollten sie ihr etwa Angst machen? Eigentlich reichte es doch für heute. Sie wartete nervös, aber es kam niemand. Nur ein paar ältere Passanten schauten desinteressiert auf das Mädchen in der grünen Uniform.
Langsam dämmerte es Elise: Da sie so lange mit Gabriel unterwegs war, hatten die anderen wohl gedacht, sie sei allein vorausgegangen – und zwar den ganzen Weg zurück ins Internat, obwohl es ihnen strikt verboten war, ohne Begleitung durch die Stadt zu gehen. Aber nun hatte sie keine Wahl.
Elise fing an zu laufen.

GATED!

"Anna?"
"Elise? Is that you? What's the matter? Are you okay?"
Elise schniefte. "No, I'm not okay. I've been gated."
"What?! Why? What happened?"
Elise drückte sich noch enger in die Ecke der Waschküche und fing an zu heulen.
"Oh, Lisi, don't cry! Come on, tell me what happened. What's that awful noise?"
"The **washing machine**", schluchzte Elise. "I'm in the **laundry room**. It's the only place where no one can hear me."
"Well, I can hardly hear you either", sagte Anna. "Can't you go somewhere quieter?"
"No. I like it here." Neben Elise erschauerte die Waschmaschine und fing an zu schleudern. "Oh **shit**. Wait a minute." Elise begab sich in die Ecke gegenüber und hielt sich das Handy dicht vor den Mund. "Better?"
"A bit. **Look**, what on earth is going on?"
"They were being horrible in German class again, and when it finished I ran away – well, not really, I just went a different way – and I got lost – and then I bumped into Gabriel – you know, Alex' friend – and he helped me, but by the time I got to the front gate

washing machine Waschmaschine
laundry room Waschküche
shit Scheiße
Look ... Hör mal ...

they'd all gone, and I had to walk back to school through town by myself ..."

big deal große Sache
punishment Strafe
to duck in Deckung gehen
straight direkt
fault Schuld
as far as they're concerned ihrer Meinung nach

"But that's not such a **big deal**, is it? Or did something happen to you?"

"Of course nothing happened to me. But the school is so worried that we might get attacked or something that we're not allowed to walk on our own – not ever, anywhere. People probably don't notice if you're not in uniform, but I was."

"And somebody saw you?"

"I almost made it, Anna. I was coming down the High Street when I spotted Miss Carter walking towards me – she's the deputy headmistress, the really strict one who likes giving out **punishments**! I **ducked** into the nearest shop, but she saw me, and she came in after me. I tried to explain about German class and the others going off without me, but she didn't believe me; she thought I'd just gone shopping! She marched me back to school and **straight** up to the headmistress's office ..." Elise fing wieder an zu weinen.

"Oh, Lisi, don't cry! It wasn't your **fault**. You said Gabriel helped you when you got lost – why don't you tell them to ask him?"

"No, that would just make things worse. They'd think he was my boyfriend and that I was on my own because we'd sneaked off to kiss behind the bushes or something. **As far as they're concerned** I should have stayed with the German class. They kept asking why I'd run off."

"Did you tell them?"
"No, I ..." Elise stockte. Warum hatte sie eigentlich nichts gesagt? Im Grunde wollte sie nicht, dass die Jungs dadurch in Schwierigkeiten gerieten. Dann würden sie nur noch mehr auf ihr herumhacken. Und sie wollte auch nicht als Petze dastehen, die bei jeder Kleinigkeit zu den Lehrern rannte. Mit dieser Sache musste sie allein fertig werden. Und da war noch etwas ... Es widerstrebte ihr zuzugeben, dass sie schikaniert wurde. Es war ihr irgendwie peinlich. Aber warum?
"Why didn't you tell them? What did you say?"
"I ... I said I was looking for a girls' toilet."
"Hmm. I think you should tell them you're being **bullied**. The teachers can't do anything about it if they don't know."
"Never mind! **That's not the point!**"
Elise war durcheinander. Sie wollte nicht darüber reden. Nicht mal mit Anna. Jedenfalls nicht gerade jetzt. "The point is that I've been gated until half term! I'm not allowed out at all! They're going to give me homework to do instead of going to German class – that's the only good bit. I'm not allowed to have any visitors – not even Alex! – and ... and ... Anna, I'm not allowed to go on my exeat with Deema this weekend! I'm going to be stuck here in this **bloody** boarding house while she and Rosie are in London having fun! **I can't stand it** – it's so unfair!"
"Oh, Lisi. You poor thing. You were really looking forward to that, weren't you?"

to bully mobben
That's not the point. Darum geht es nicht.
bloody *(ugs)* verflucht
I can't stand it. Ich halte es nicht aus.

Elise antworte mit einem jämmerlichen Schluchzen.
"Come on, cheer up. At least it's only until half term. That's only two and a half weeks. And then you'll be back here in Bristol with me, and we can go into town as much as we like, and no one will tell us what we can and can't do. Well, my mum might, I suppose, but ..."
"... your mum is nothing like the teachers here."
"Right. Oh, and listen: Alison's going to have a party at half term. It'll be great – the whole gang will be there. They're all really looking forward to seeing you again. Everyone keeps asking after you, you know."
"Do they? Who?"
"Everyone! Alison, Josh, Pete, Susannah, Rachel, Mark ... They're always telling me to say hello."

to give sb a piece of one's mind
jdm die Meinung geigen

"I did get mails from Pete and Susannah at the weekend. It's good to know they haven't forgotten me."
"Forgotten you? Don't be stupid; you've only been gone a month!"
Elise seufzte. "It feels like forever."
"Do your parents know what's happened?"
"Yes. The headmistress rang them straight away and told them. She made it sound like I'd done something really terrible."
"What did they say?"
"They called me later on my mobile. They were really sweet. Papa got angry and said he was going to **give** the headmistress **a piece of his mind**, but Mama said it wouldn't make any difference and it was prob-

ably better not to. She asked me if everything else was okay."
"What did you say?"
"I said yes, of course."
Anna dachte nach. "Why don't you tell Alex that they're bullying you?"
"No way! He'd go and say something to Richard and the others. It would just be embarrassing. Anyway, Alex was bullied a bit too, in the beginning."
"He's popular now, though, isn't he?"
"Yes, he seems to be. Lucy told me my brother was one of the nicest boys in the Sixth Form."
"Well, there you are."
"Hmm ... Look, I'd better go. This is going to cost a **fortune**."
"Lisi – **don't let the bastards grind you down**, okay?"
"Okay. Thanks for cheering me up. I really needed to talk to someone."
"That's what friends are for, isn't it? **Hang in there** – only a couple more weeks!"
"Oh! Anna – you haven't told me what happened with Chris at the party last weekend!"
Anna lachte. "Don't worry, you haven't missed anything. See you soon!"

fortune Vermögen
Don't let the bastards grind you down. Lass dich von den Arschlöchern nicht unterkriegen.
Hang in there. Halte durch.

After Lights Out

Das ganze Wochenende langweilte sich Elise im Internatshaus. Am Samstagmittag traf Deemas Vater in einem großen Mercedes ein, um Deema und Rosie abzuholen. Alle drei bedauerten es, dass Elise nicht mitkommen durfte. "Maybe next time", sagte Herr Husseini freundlich.

cheerful munter

Ein kleiner Trost war die SMS, die sie überraschend von Gabriel erhielt. Natürlich hatte sie Alex angerufen und ihm die ganze Geschichte (außer den Hänseleien) erzählt. Auch er hatte sie mit dem Gedanken getröstet, dass es nicht mehr lange bis zu den Herbstferien war und sie bald in Bristol bei Anna sein würde. Offensichtlich hatte er mit seinem Freund darüber gesprochen und ihm sogar Elises Handynummer gegeben.

Hi Elise, it's Gabriel. Really sorry to hear from Alex that you've been gated. Hope it wasn't my fault for keeping you chatting. Stay **cheerful** - hope to see you again soon. Gx

Wie nett von ihm, dass er sich Gedanken darüber machte! Natürlich war es nicht seine Schuld.

```
Hi Gabriel, thanks 4 yr text.
Of course it wasn't yr fault.
It was really nice of U 2 help
me. The others didn't wait 4 me
and I
```

Elise hielt inne. Das wusste er sicherlich alles schon von Alex. Wahrscheinlich wollte er mit der SMS nur höflich sein – Gabriel war immer höflich – und Alex' kleine Schwester ein bisschen trösten. Von so einem Redeschwall fühlte er sich wahrscheinlich nur belästigt. Okay. Löschen. Noch mal von vorn.

```
Thanks!
```

Hm. Das reichte, oder? Ziemlich cool. Sie überlegte, fügte "Elise" hinzu und schickte die SMS ab.
Viele aus Year Ten hatten an diesem Wochenende Ausgang und die andern gingen am Samstagnachmittag natürlich in die Stadt, von wo sie voller aufregender Geschichten über Begegnungen mit den Jungs zurückkehrten. Mimi, Belinda und Olivia hatten sich mit Richard und ein paar anderen im Café getroffen und waren anschließend im Park 'spazieren' gegangen. Am Abend, nachdem das Licht gelöscht worden war, schlich sich Olivia zu Mimi und Belinda ins Zimmer, um ihre Erlebnisse ausführlich zu besprechen.

yr (=your)

Elise lag resigniert auf ihrem Bett im Dunkeln und starrte auf die Decke. An Schlaf war vorläufig nicht zu

denken, sie musste der Unterhaltung zuhören, ob sie wollte oder nicht.
"Where did you and Richard go?"
"We were near the playground, behind the rhododendron bush. I saw you and Jono – you were standing under the big **horse chestnut**."
"Oh no!" Olivia war das peinlich. "You didn't!"
"Oh yes I did. You were really **going for it**."
"I was not!"
"Yes, you were. You **were all over** him."
"I was *not!* He was all over *me*! I had to **fight** him **off**!"
"From what I could see you weren't fighting very hard."
Mimi und Belinda kicherten. "He had one hand up your shirt and the other one down the back of your trousers."
"Mimi! Shut up! What about you and Richard? You weren't exactly playing Scrabble, were you?"
"At least we went somewhere where no one else would see us."
Tessa, die an diesem Wochenende ebenfalls im Internat geblieben war, versuchte, sich einzumischen. "So are you going out with Richard, then, Mimi?"
Einen Moment lang herrschte Stille, dann brachen die anderen in Kichern aus.
"**None of your business**, Ginger", schnauzte Mimi sie an. "Stop **eavesdropping**."
"I'm not eavesdropping", protestierte Tessa. "I can't help it if you talk so loudly."

horse chestnut
Rosskastanie
to go for it
zur Tat schreiten
to be all over sb
jdm total auf die Pelle rücken
to fight sb off
jdn abwehren
None of your business.
Das geht dich nichts an.
to eavesdrop
lauschen

"Let's go out onto the **fire escape**", schlug Belinda vor. "She can't hear us if we talk out there."
"Good idea. We can have a fag at the same time." Mimi kletterte aus dem Bett und zog ihren Morgenmantel an. "Come on, Olivia, you're coming, aren't you?"
"Erm ... What if someone sees us?"
Mimi schnaufte. "They won't."
"Someone might see us from the street and **report** us. That's how those girls in St Agnes' got caught."
"They won't see us if we **crouch down**. Come on, Olivia – are you turning into a **goody-goody**? You can always stay here with Ginger and the Kraut if you prefer. Maybe you'd like that."
"No, no, I'll come with you", sagte Olivia hastig.
Belinda zog die Vorhänge zurück und öffnete das Fenster. Von draußen warf eine Straßenlaterne schwaches, gelbliches Licht ins Zimmer. Elise beobachtete, wie Mimi ihre Zigaretten und ihr Feuerzeug herausnahm, die sie in einem Teddybär versteckt hatte. Nach einem vorsichtig kontrollierenden Blick auf die Umgebung kletterten die drei nacheinander auf die eiserne Feuertreppe an der Außenwand des Gebäudes und verschwanden unterhalb des Fenstersims. Mimis Kopf tauchte kurz wieder auf.
"You two had better keep your mouths shut", warnte sie Elise und Tessa und zog den Vorhang wieder zu. Jetzt war es wenigstens etwas ruhiger. Ein kalter Luftzug sowie leises, aber aufgeregtes Geflüster und gedämpftes Kichern drangen durch das angelehnte

fire escape Feuertreppe
to report melden
to crouch down in die Hocke gehen
goody-goody Musterkind

Don't let them get to you. Mach dir nichts draus.
eventually *hier:* irgendwann
to tease hänseln
braces Zahnspange
to refuse sich weigern
flea Floh

Fenster. Elise drehte sich auf die Seite und versuchte einzuschlafen.
"Elise?"
Sie seufzte. Tessa war noch wach. "What."
"Don't let them **get to** you, okay?"
Elise schwieg.
"They're not so bad really. Just ignore them. They'll get bored **eventually** and stop **teasing** you."
Elise dachte nach. "That hasn't really worked for you, has it? They're always mean to you."
"Oh, it's much better than it used to be. They used to tease me all the time. They called me Four-Eyes or Frankenstein, because I wear glasses and **braces**. But then Belinda had to have braces too for a while, and they stopped. I don't really mind being called Ginger. You know, in the first year they sometimes wouldn't talk to me at all, or they'd **refuse** to sit next to me at lunch – stuff like that. And they said people with red hair had **fleas**."
"What?! That's ridiculous."
"I know. But they made lots of people believe it – or at least they made them think that *I* had fleas. Like I said, it's much better now."
Elise war entsetzt. Ihrer Meinung nach war es immer noch ziemlich schlimm, wie Tessa von Mimi und ihren Freundinnen behandelt wurde. Klar war ihr auch, dass Tessa selbst die Sache nicht besser machte, indem sie jede Gemeinheit stets mit eifriger Demut hinnahm, statt sich zu wehren. Das nutzten Mimi und die an-

deren nur aus. Es musste eine bessere Lösung geben.
Das Knarren der Saaltür riss Elise aus ihren Gedanken. Die Tür ging auf und Elise stockte der Atem. Mrs Roberts! In der Regel wurden die nächtlichen Schlafsaalkontrollen von Miss Gibson oder einer anderen Erzieherin durchgeführt. Sie schauten meist nur kurz rein, um sich davon zu überzeugen, dass das Licht aus war und nicht gequatscht wurde. Mrs Roberts aber war gründlicher. Statt nur einen flüchtigen Blick ins Zimmer zu werfen, blieb sie eine Weile in der Tür stehen und überprüfte im Dunkeln die Betten. Ob Mimi und die anderen sie gehört hatten? Elise horchte. Offensichtlich nicht – draußen flüsterten sie weiter! Noch hatte Mrs Roberts es nicht bemerkt – Elises Bett war ja direkt am Fenster – aber das konnte jede Sekunde eintreten. Und dann würden Mimi, Belinda und Olivia so richtig in der Scheiße stecken.
Elise dachte fieberhaft nach. Einerseits hätten es die drei Zicken zwar verdient, Ärger zu bekommen. Ein ordentlicher Dämpfer würde ihnen nicht schaden. Andererseits stand sie selbst ja nun ganz gewiss nicht auf der Seite der Erwachsenen. Im Gegenteil, schließlich musste sie dieses Wochenende nur wegen deren unerbittlicher Strenge im Internat verbringen. Konnte sie da ihre Mitschülerinnen einfach ins offene Messer laufen lassen? Nein, irgendwie musste sie sie warnen.
“Hello, Mrs Roberts!”, rief sie laut.
Es funktionierte: Die Stimmen auf der Feuertreppe verstummten sofort. Mrs Roberts wurde dadurch ins Zimmer gerufen – aber das war nicht zu vermeiden.

"Hello, Elise", sagte Mrs Roberts. "Still **awake**?"
"Yes, Mrs Roberts. I can't sleep."
"And you've probably just woken everyone else up as well."
"No, she hasn't, Mrs Roberts", meldete sich Tessa. "I was awake too."
"I see. Well, if you're all awake, you won't mind if I turn on the light." Mrs Roberts betätigte den Schalter. Elise blinzelte in das grelle Licht.
"Where are Belinda and Mimi?", fragte die Hausmutter.
"Belinda and Mimi?"
"Yes. Where are they? If you've been awake all this time I **presume** you must know."

awake wach
to presume annehmen
to flush spülen
Night night. (Gute) Nacht.

"Oh, Belinda and Mimi ... I think they went to the loo", sagte Elise.
"I've just checked the toilets. They weren't in there."
"Oh ... Maybe they went to the ones upstairs?"
"Why would they do that?"
"Um ... Well, sometimes the ones on this floor don't **flush**", improvisierte Elise.
Mrs Roberts runzelte die Stirn. "That's the first I've heard of it. Why didn't someone tell me?"
"It's only sometimes." Elise setzte ihr unschuldigstes Lächeln auf, doch ihr Herz pochte bis zum Hals.
"I'd better look for them upstairs, then. **Night night**, girls." Mrs Roberts schaltete das Licht aus und schloss die Tür hinter sich. Elise wartete, bis sich die resoluten Schritte im Gang entfernt hatten, dann eilte sie zum Fenster. Die drei Mädchen hockten zitternd

auf der Feuertreppe. Ihre erschrockenen Gesichter waren ganz blass.

"Come on", zischte Elise. "Get back inside! She'll be back **any minute**, as soon as she finds out you're not upstairs."

> **any minute** jede Minute
> **smoke** Rauch

Eine nach der anderen kletterten sie schnell wieder herein. "Olivia, get back to your dorm, quick! Don't let Roberts catch you!"

Olivia guckte einmal schnell um die Tür und rannte los. Mimi und Belinda zogen ihre Morgenmäntel aus, versteckten die Zigaretten und sprangen wieder ins Bett – gerade noch rechtzeitig. Mrs Roberts' Schritte kehrten drohend zurück.

"Aha. There you are." Ihr Ton war scharf. "And where have you two been?"

"What do you mean, Mrs Roberts?", fragte Mimi unschuldig.

"Elise said you'd gone to the toilet and that you might be upstairs. Somehow you've managed to get back down again without going past me. I find that rather odd."

"Actually", sagte Belinda, "we went to the loos on the back stairs."

"On the back stairs?", fragte Mrs Roberts erstaunt.

"Yes. The ones on this floor don't always flush, you see."

"So I've been told." Mrs Roberts schnupperte. "Can I smell **smoke** in here?"

"No, Mrs Roberts", antworteten Belinda und Mimi im Chor.

Mrs Roberts zog die Augenbrauen hoch und näherte sich den beiden.
"Oh!", sagte Mimi. "Yes – it's probably from the café this afternoon. It was really **smoky** in there, so we didn't stay long, but my clothes **stink**." Sie zeigte auf den Kleiderhaufen neben ihrem Bett. Mrs Roberts hob Mimis Trikot an ihre Nase und schnupperte daran.
"Hmm", sagte sie nachdenklich. "Well, I suggest you go to a different café next time. You'd better put those clothes in the **laundry**, Mimi."
"Yes, Mrs Roberts."
"Now go to sleep, all of you. I don't want to hear another sound from this dorm."
Nachdem sie weg war, blieb es eine Weile ganz still.
"Shit", wisperte Belinda. "That was close."
"Yeah", flüsterte Mimi zurück. "I hope Olivia got back okay."
"I expect so. Roberts would have said something."

smoky verraucht
to stink stinken
laundry Wäsche

"We'd better go to sleep."
"Yeah. Good night."
"Night."
Elise war kurz davor einzuschlafen, als sie Belindas Stimme nochmals vernahm.
"Hey, Elise. Thanks."

HALF TERM

"You have no idea", sagte Elise zu Anna, "how good it is to be able to walk around town like this, without worrying about breaking some stupid rule and getting caught by a teacher."

Anna lachte. "Poor Elise! **You've become institutionalized**."

"What do you mean?"

"It's what happens to people when they've been in prison or hospital for a long time. When they come out they find it hard to **adjust** to normal life."

> **You've become institutionalized.** Du hast Hospitalismuserscheinungen.
> **to adjust** (sich) anpassen

"Yeah. Something like that. But it's not hard – it's brilliant!"

Elise breitete die Arme aus und drehte sich ausgelassen im Kreis. Seit drei Tagen war sie wieder zu Hause – sprich, in Bristol, bei Anna – und fühlte sich pudelwohl. Als sie mit dem Zug angekommen war, hatte die ganze Familie Goldenberg am Bahnsteig auf sie gewartet. Anna und Elise fielen sich in die Arme und blieben seither unzertrennlich. Nur eins war anders: Wenn Elise früher bei den Goldenbergs übernachtet hatte, wurde die Campingliege immer bei Anna im Schlafzimmer aufgestellt. Diesmal hatte Annas Mutter sie in das kleine Arbeitszimmer nebenan geführt.

"We thought you might like to have a room of your own while you're here", hatte sie gemeint. "Of course, we can always move the bed into Anna's room if you prefer, but this way you'll have a bit of **privacy**."

Das war sehr rücksichtsvoll von ihr. Natürlich hatten Elise und Anna jeden Abend bis spät in die Nacht geredet, aber im Gegensatz zu früher fand Elise es nach all den Wochen im Schlafsaal nur zu schön, zum Schlafen in ihr 'eigenes' Zimmer zurückzukehren.

privacy Privatsphäre
unbelievable unglaublich
responsible verantwortlich
to answer to sb jdm gegenüber Rechenschaft ablegen

Am ersten Wochenende hatten sie gleich ein paar von der alten Clique getroffen, waren mit Josh, Pete, Susannah und Chris zuerst im Kino gewesen und danach in der Jugenddisco, wo Elise, die das Tanzen liebte, sich nach Herzenslust austoben konnte. Zuvor wurde sie aber regelrecht ins Verhör genommen. Alle wollten wissen, wie es im Internat so war, und sie musste ihre Geschichten immer wieder aufs Neue erzählen, vor allem die vom 'Hausarrest'.

"**Unbelievable**", staunte Josh und schüttelte mehrmals den Kopf. "Just because you were walking on your own? That's crazy."

"Well, the school says it's **responsible** for us, and if anything happens to us it has to **answer to** our parents. I suppose they're just extra careful."

"It's still crazy", beharrte Susannah. "It wasn't even your fault. And what was all this Anna was telling us about the others bullying you?"

Elise zuckte die Achseln. "Oh, that wasn't anything

important. Anyway, it's over now. Let's talk about something else – I'm here now, I don't want to think about school!"

Ganz besonders freute sie sich auf Alisons Party am kommenden Samstag. Ihre Eltern hatten ihr Geld geschickt, damit sie sich etwas zum Anziehen kaufen konnte, und jetzt waren Elise und Anna in der Stadt unterwegs auf der Suche nach passenden Klamotten. Die Läden im Stadtzentrum hatten sie schon abgeklappert, aber Elise war nicht fündig geworden.

loads of
eine Menge
to be able to afford
sich leisten können

"You are difficult", beschwerte sich Anna. "There's **loads of** good stuff in there." Zufrieden betrachtete sie die Beute in ihren Topshop-Tüten.

"Yes, I know. It looks great on you. I just can't find anything that's right for me."

"Hm." Anna dachte nach. "Well, you can't **afford** anything more expensive ... I know! There's a great second-hand shop with a lot of vintage and designer stuff, and it's really cheap. Shall we try there?"

"Sure."

"Come on – let's get the bus."

Sie setzten sich ganz hinten in den Bus und schauten aus dem Fenster. Gut, dass sie nicht zu Fuß unterwegs waren: Es hatte angefangen zu regnen. Der Bus wurde immer voller. Bald gab es nur noch zwei Sitzplätze, gleich neben Elise auf der hinteren Bank.

"Oh my God! I don't believe it!" Elise verdeckte ihr Gesicht mit der Hand. "Look away, quick!"

"What?" Natürlich schaute Anna nicht weg, sondern

versuchte festzustellen, was ihre Freundin so erschreckt hatte.
"Don't look! It's that boy I told you about from the boys' school – Richard, the one who thinks he's really cool. Mimi's boyfriend!"
"Oh my God!" Anna reckte den Hals. "Which one is he?"
"Anna! Stop it! He's coming towards us!"
Aber da hatte Richard schon den freien Sitzplatz entdeckt und schob sich durch den Bus nach hinten. Erst als er direkt vor Elise stand, erkannte er sie. "Elise! Hi!" Er setzte sich neben sie. "What are you doing here?"
"I live here, remember?", grummelte Elise.
"Oh, yeah – of course. I forgot. Hi", er streckte die Hand nach Anna aus, die ihn auffordernd ansah, "I'm Richard."
"Hello. I'm Anna. Elise's friend."
"Right. We're in German class together", erklärte Richard. Er lächelte Elise an. Sie schaute skeptisch zurück. Was zum Teufel war denn mit dem passiert? Warum war er auf einmal so höflich, fast freundlich, so … normal? Als hätte er völlig vergessen, wie er und seine Kumpels Elise im und nach dem Deutschunterricht immer gehänselt und verspottet hatten. In der Schule war er stets arrogant und sarkastisch, wenn er überhaupt etwas sagte. Und jetzt könnte man fast meinen, er wäre nett! Anna würde einen völlig falschen Eindruck von ihm bekommen.
"I heard you were gated", sagte Richard. "What happened?"

Elise schaute noch finsterer drein. Wenn er von ihrem Hausarrest wusste, dann bestimmt von Mimi. Dann musste er auch wissen, dass sie nur deshalb allein ins Internat zurückgehen musste, weil sie vor den Jungs aus dem Deutschunterricht geflüchtet war. Wieso fragte er sie also? Nur um sie wieder auszulachen?

"Didn't Mimi tell you?"

"Not really. She just said you'd walked back on your own and got caught."

"Well – that's what happened."

"Oh. Right."

Richard nickte mehrmals. Elise fand sein Benehmen höchst ungewöhnlich. Er wirkte weniger selbstbewusst als sonst und das Gespräch schien ihm irgendwie peinlich zu sein. Aber warum versuchte er es dann überhaupt? Er könnte einfach aufstehen und wieder nach vorne gehen.

"Yeah, I – er – I told Mimi to say sorry about the Nazi stuff." Richard warf Elise einen fragenden Blick zu. "Did you get the message?"

"No", sagte Elise überrascht.

"Oh. Right. Funny, I told her to ... okay ... Well, I thought it was a bit mean, what some of the lads were saying. So ... sorry about that. I mean, we didn't mean to upset you or anything."

War das jetzt ernst gemeint? Elise starrte Richard an. Es sah beinahe so aus. Aber so einfach war es nicht.

"If you don't want to upset someone, why say things like that?", fragte sie.

"Um ..." Richard sah aus, als hätte er sich nie Gedanken darüber gemacht. "I don't know, really. It was just a joke. You know – **Brits** always make jokes about Germans."
"But they're not very funny if you're German", sagte Elise.
"Ah." Richard grinste und stupste sie an. "The famous German **sense of humour**!"
Ach nein, nicht schon wieder. Und nie fand Elise die richtigen Worte, um sich vernünftig auszudrücken. Wut und Verletztheit blieben ihr immer im Hals stecken und schlugen irgendwann in Ärger oder Tränen um. Aber diesmal hatte sie Anna an ihrer Seite. Elise atmete tief ein, sah Richard ruhig in die Augen und zwang sich zu lächeln.
"Richard, that's **pathetic**. You can't say horrible things to someone, pretend it's a joke, and then **accuse** them of having no sense of humour. 'German' **is**n't **a synonym for** 'Nazi', you know. And anyway, you're more than sixty years **out of date**."
"No, I ..." Richard starrte sie verblüfft an. Anna ebenfalls. Elise war selbst von ihrem Ausbruch überrascht.
Richard schluckte. "I know that. I didn't mean ... Okay, you're right. I'm sorry, I shouldn't have ... Look, never mind." Er schielte aus dem Fenster in den strömenden Regen. "I have to get off here. See you. Have a nice holiday."
Der Bus hielt, die Tür ging auf und Richard stieg aus.

Brit
Brite, Britin
sense of humour
Sinn für Humor
pathetic
erbärmlich
to accuse sb of sth
jdm etw vorwerfen
to be a synonym for
gleichbedeutend sein mit
to be out of date
seiner Zeit hinterherhinken

"Bloody hell." Anna schüttelte den Kopf. "You really told him off!"
Jetzt erst machte sich die Anspannung bei Elise bemerkbar. "Oh my God, look at my hands. I'm shaking!"
"I can't believe you said all that!"
"Me **neither**! Do you think he was laughing at me?"
Anna dachte nach. "No, actually, I don't. Isn't he the one you said was the leader of the gang?"
"Yes. He's the arrogant one they're always trying to **impress**."
"Funny ... I mean, I know I only saw him for a couple of minutes, but he didn't seem at all the way you described him."
Elise griff sich in gespielter Verzweiflung an den Kopf. "I knew you'd say that! Honestly, I don't know why he was being so strange. He's never normally this polite. The other boys are worse, I suppose, but if they're being nasty he always **goes along with** it. *And* he's going out with Mimi the bitch!"
"Okay, so he's got bad **taste**. But I think he really was trying to **apologize** just now. Don't you think you were a bit hard on him?"
"No way. I told you what they've been like all term. He **deserved** it."
"Okay, you're right", sagte Anna fügsam und legte der Freundin den Arm um die Schulter. "You really **stood up for yourself**, Lisi – I'm proud of you!"

neither auch nicht
to impress beeindrucken
to go along with sth bei etw mitmachen
taste Geschmack
to apologize sich entschuldigen
to deserve verdienen
to stand up for o.s. seinen Mann (seine Frau) stehen

Sie stiegen aus und fanden den kleinen Secondhandladen in einer Seitenstraße.
Anna hatte recht: Die Stangen strotzten vor wunderbaren Kleidern. Vintage-Ballkleider hingen zwischen Designerjeans und Lederhosen, Paillettenhemden lagen neben Sweatshirts und Wildlederjacken, Cowboystiefel standen neben goldenen Riemensandaletten. Der Laden war voll bis unter die niedrigen Decken. Die grell geschminkte ältere Dame, die in einer Ecke hinter der Kasse saß, schien trotzdem genau zu wissen, was sich wo in ihrem kleinen Reich befand. Als Elise ihr erklärte, was sie suchte, wählte die Ladenbesitzerin zielsicher ein paar Sachen aus, die genau Elises Geschmack entsprachen.
Elise entschied sich für ein schlichtes grünes Minikleid mit feinen, goldenen Fäden im Stoff.

bargain
Schnäppchen
Sixties
sechziger Jahre

"A real **bargain**", sagte die Ladenbesitzerin. "That's a **Sixties** original." Dazu passten perfekt die goldfarbenen Riemensandaletten, die genau die richtige Größe hatten.
Anna klatschte Beifall, als Elise aus der Umkleidekabine kam.
"You look fantastic", meinte sie bewundernd. "But you were right – we have completely different taste in clothes!"

Die Ferien vergingen viel zu schnell. Elises Eltern riefen ein paar Mal aus Schanghai bei Annas Eltern an. Endlich konnte Elise mal ausgiebig mit ihnen quat-

schen, ohne ständig das Gefühl zu haben, dass sie belauscht wurde. Alex, der seine Ferien bei Adam in Cheshire verbrachte, schickte ein paar SMS. Eines Tages rief auch er bei den Goldenbergs zu Hause an.
“Hi, Sis, just a quick call. How’s it going in Bristol?”
“Fine! Brilliant! I’m having a great time! How about you?”
“Good, good. I’m here with Adam; we**’ve been chilling** most of the time on his parents’ farm, but we **went clubbing** last weekend, which was cool. Adam says hi” – im Hintergrund rief Adam “Hi, Elise!” – “and there’s someone else here who wants to say hello to you too ...”

to chill
chillen
to go clubbing
durch die Nachtklubs ziehen

Sie hörte gedämpfte Stimmen und Geräusche, als hätte Alex versehentlich die Hand über die Sprechmuschel gelegt.
“Hello? Hello? Alex?”
“Oh, er, hi Elise. It’s not Alex, it’s Gabriel.”
“Oh! Hi!” Elise war überrascht. “I didn’t know you were there too.”
“I was staying with relatives in Cambridge, but Adam invited me up for a few days. How are you doing?”
“Fine.” Elise wusste nicht, was sie ihm erzählen sollte. “How are you?”
“Yeah, I’m fine too. How are things at school? Did you get into a lot of trouble?”
“What? Oh, that – no, it’s okay. I was gated for two weeks, but only until half term.”
“Oh – good.”

Schweigen. Die Leitung knackte. Elise suchte verzweifelt nach irgendetwas, was Gabriel interessieren könnte, aber ihr fiel einfach nichts ein.
"How are your parents?"
"My parents?" Gabriel klang verwirrt. "Er – they're fine, I think. I won't see them until Christmas."
"Oh. Well, me neither. My parents, I mean. Alex's and mine."
"No. ... Anyway. Enjoy the rest of your half term. Maybe I'll see you around when you're back."
"Yeah. Bye."
Elise hielt immer noch den Hörer in der Hand, als Gabriel längst aufgelegt hatte.
Was für ein schwieriges Gespräch! So war es sonst mit Gabriel nicht gewesen. Eigentlich war es das, was Elise am meisten an ihm gefiel: dass sie so entspannt mit ihm reden konnte ...
"That's what you like best about him?" Anna lächelte verstohlen. "Aha – so there are other things you like about him too?"
"Well, of course there are." Elise errötete. "I told you, he's a really nice guy."
"Is he **good-looking**?"

good-looking
gutaussehend

"I haven't thought about it! He's Alex's friend."
"So what? Think about it now! Is he good-looking?"
Elise dachte nach. "Well, yes, I suppose so ... He's tall and thin. He wears glasses, but they're kind of cool."
"So he's tall, dark and handsome. And he likes you."
"Anna! Stop it!" Elise wurde feuerrot. "It's not like

that! He's not interested in me. And I'm not interested in him. He's just a nice guy, that's all."
Anna hob eine Augenbraue. "Hmm", kommentierte sie. "Well, if you say so. But it looked to me as if you were *very* pleased to hear from him."

Am Samstag fand Alisons Party statt. Auf der Einladung stand die Aufforderung "**Dress: UP**!", was jeder anders verstand. Für fast alle Jungen hieß es 'beste Jeans und Lieblings-T-Shirt', aber die meisten Mädchen nutzten wie Elise und Anna die Gelegenheit, etwas besonders Ausgefallenes zu tragen.

to dress up
sich in Schale werfen

Elise bekam viele Komplimente für ihr neues Kleid. Sie musste aber gegen ihre natürliche Schüchternheit ankämpfen, was zu dieser neuen, auffälligen Erscheinung überhaupt nicht passte. Auf der einen Seite genoss sie die Aufmerksamkeit ihrer Freunde. Auf der anderen fand sie es irgendwie beunruhigend, wenn zum Beispiel Josh, der sonst immer nur kumpelhaft mit ihr umgegangen war, auffällig nah und lange neben ihr tanzte und dabei immer wieder Blicke auf ihre Beine warf. Irgendwann flüchtete sie zur Toilette und blieb so lange drin, bis es an die Tür klopfte.
Die Party war ein großer Erfolg – nicht zuletzt weil Chris und Anna endlich zueinander fanden. Wer wen als Erstes geküsst hatte, wusste Anna danach angeblich nicht mehr, aber als ihre Mutter kam, um sie abzuholen, entdeckte Elise ihre Freundin erst nach einigem Suchen in einer dunklen Ecke hinter dem Sofa, eng mit Chris umschlungen.

Auf dem Heimweg strahlte Anna vor Glück.

Bis zwei Uhr morgens wurde die Sache einer detaillierten Analyse unterzogen, bis Annas Mutter an ihre Tür klopfte und die Mädchen aufforderte, endlich schlafen zu gehen. "Elise, you must get some sleep! You're going back to school tomorrow."

"I'm so **glad** you and Chris have finally **got it together**", flüsterte Elise.

"Yeah, me too! Now we just have to find someone for you."

Elise lachte. "Sorry to disappoint you, but I don't think that's going to happen any time soon."

glad froh
to get it together es auf die Reihe kriegen

Back at School

Die Tage wurden kürzer. Verwelkte braune Kastanienblätter bedeckten den Bürgersteig und es dämmerte schon, wenn Elise nachmittags von der Schule nach Hause ging. Im Schlafsaal funktionierte der alte Heizkörper unter dem Fenster nur schlecht; manchmal, wenn es draußen richtig kalt war, konnten die Mädchen beim Aufwachen sogar ihren Atem sehen. Jetzt hatten sie einen guten Grund, sich unter der Bettdecke anzuziehen.

Am ersten Wochenende nach den Ferien war ein hartes Hockey-Training angesetzt. Noch am Nachmittag lag Nebel über dem Spielfeld und Elise konnte ihre Mitspielerinnen auf zehn oder zwanzig Meter Entfernung manchmal kaum erkennen. Sie war als rechte Verteidigerin aufgestellt. Ziemlich langweilig. Der Ball bewegte sich die meiste Zeit am anderen Ende des Spielfelds. Der Nebel dämpfte Schreie und Pfiffe; verschwommene dunkle Figuren erschienen und verschwanden wie Gespenster in der milchigen Suppe. Elises Zähne klapperten; sie blies sich in die Hände und lenkte sich mit dem Versuch ab, ihren Hockeyschläger senkrecht auf einem Zeigefinger zu balancieren. Es gelang ihr gerade ganz gut, als plötzlich der Ball auf sie zukam. Verpasst! Zum Glück hat Miss Paterson sie nicht gesehen.

Am Sonntag verabredete sich Elise mit Alex im Copper Kettle. Sie wurde von Deema und Rosie begleitet, und als sie die kleine Treppe hochstiegen, stellte Elise fest, dass der Laden ziemlich voll war. Auch Alex war nicht allein gekommen. Er saß mit Adam und Gabriel am großen Tisch in der Ecke.

"Hey, Sis! Good to see you. We'**ve been guarding** your seats like lions."

Die Mädchen setzten sich und bestellten. Gleich nebenan saßen Lucy und ein paar andere Mädchen aus der Oberstufe. Alle hielten eine Hand unter dem Tisch, aber die sich unter der Tischdecke hervorkringelnden Rauchspiralen verrieten sie. Lucy lachte und winkte Elise mit ihrer Zigarette zu.

"You won't **tell on** us, will you?"

Elise grinste und schüttelte den Kopf. Also waren die Aufsichtsschülerinnen auch nicht hundertprozentig brav …

to guard
bewachen
to tell on sb
jdn verpetzen

In der Ecke gegenüber war die Gesellschaft nicht so freundlich. Mimi, Belinda und Olivia saßen um einen Tisch mit Richard, Jono und Louis. Oje. Seit Elise wieder zum Deutschunterricht ging, hatten sie sie nicht mehr offen angegriffen. Vielleicht hatte Mr Newman in ihrer Abwesenheit ja noch irgendetwas Vernünftiges dazu gesagt. Und Richard hatte anscheinend doch was kapiert. Er konnte ihr nicht mal in die Augen schauen und entfernte sich, gefolgt von seinen Anhängern, sobald die Stunde vorbei war. Trotzdem wurde Elise das Gefühl nicht los, dass sie sich hinter ihrem Rücken weiterhin über sie lustig machten.

Sie versuchte, die Gruppe zu ignorieren, aber es war nicht einfach – es schien, als wetteiferten sie um die Aufmerksamkeit des ganzen Cafés. Immer wieder schallte lautes Gelächter durch den Raum und sie führten ihre belanglose Unterhaltung so laut, dass jeder alles mitbekam, ob er wollte oder nicht. Wenn Elise mal einen genervten Blick in ihre Richtung wagte, starrten immer ein paar von ihnen zu ihr rüber, vor allem Mimi und Richard. Offenbar wollten sie den Jungen aus der Sixth Form imponieren. Aber sie hatten nur wenig Erfolg.

Als alle Anwesenden zum zwanzigsten Mal bei Belindas kreischendem Lachen zusammenzuckten, schlug Alex vor, woanders hinzugehen. "I can't stand this *noise* any longer", rief er. "You can't hear yourself think in here with all this ***screeching*** ..."

screeching
Gekreische

Draußen meinte Gabriel, er würde lieber spazieren gehen, als in einem anderen Café herumzusitzen. Deema und Rosie mussten erst überredet werden. Es war feucht und kalt und sie fröstelten. Wenigstens regnete es nicht. Elise zog ihre Mütze tief über die Ohren und freute sich über ihre warmen Handschuhe.

"You must be used to warmer weather than this", sagte sie zu Gabriel.

Er runzelte die Stirn. "How do you mean?"

"Well, in India. I mean, I haven't been there, but I suppose it's warm all year, isn't it?"

Gabriel zuckte die Achseln. "I suppose so. Well, in Bangalore, anyway – not in the mountains. But I was always at school in England, so I'm used to the **cold**. And it sometimes **snows** in winter in Tokyo."

cold Kälte
to snow schneien
I'm afraid fürchte ich

Mann, was hatte sie jetzt Blödes gesagt? "I don't know what it's going to be like in Shanghai at Christmas. Do you think it snows there too?"

"No idea, **I'm afraid**. I guess it'll probably be warmer than England."

Sie liefen eine Weile schweigend nebeneinander. Hinter ihnen brachte Deema die anderen zum Lachen, indem sie verschiedene Lehrerinnen nachahmte. Elise wünschte sich, sie hätte Deemas Talent, lustige Geschichten zu erzählen.

Gabriel schien in Gedanken versunken: Seine Hände steckten tief in den Taschen und er starrte konzentriert auf den Boden. Ein paar Mal wollte sie etwas sagen, fühlte sich aber seltsam gehemmt. Anstatt einfach zu erzählen, was ihr gerade durch den Kopf ging, hatte sie bei ihm angefangen, jedes Thema zuerst auf seinen vermutlichen Interessantheitsgrad zu prüfen. Da sich alle als mangelhaft erwiesen, verfiel sie in Schweigen.

Kurz vor Starbucks holte Adam sie ein und beschwerte sich, dass es für Spaziergänge viel zu kalt sei und sie lieber auf einen Milchkaffee irgendwo reingehen sollten.

Den Rest des Nachmittags lümmelten sie gemütlich auf den bequemen Sesseln herum und amüsierten sich über die Geschichten von Deema und Alex. Gabriel hatte sich zu Elise auf das Sofa gesetzt.

Er redete kaum, aber seine Nähe beunruhigte sie. Sie hatte das komische Gefühl, als sei die linke Seite ihres Körpers voller kleiner Sensoren, die alle auf ihn gerichtet waren und die kleinsten Bewegungen aufnahmen. Als sich aus Versehen ihre Knie berührten, durchfuhr es Elise wie ein elektrischer Schlag. Unwillkürlich zuckte sie zusammen.
"Sorry", sagte Gabriel. Er rutschte weiter weg.
Was war nur mit ihr los? Elise schüttelte den Kopf. Wahrscheinlich wurde sie krank. Diese Hypersensibilität kannte sie nur, wenn sich eine Grippe anbahnte. Das konnte sie sich aber jetzt wirklich nicht leisten. Nächstes Wochenende fand ein wichtiges Hockeyspiel gegen die Ashmore School statt und Miss Paterson hatte ihr versprochen, dass sie dabei sein würde.

Aber im Lauf der Woche bekam Elise tatsächlich eine fiese Erkältung. Um gegen Ashmore spielen zu dürfen, verschwieg sie Miss Paterson gegenüber, dass sie krank war, was sich als großer Fehler erwies. Beim Spielen fühlte sich Elise so unwohl, dass sie sich kaum konzentrieren und nur mit allergrößter Mühe die Beine bewegen konnte. Nachdem sie dreimal hintereinander mit fatalen Folgen den Ball verpasst hatte, zog Miss Paterson sie vom Spielfeld ab und rief Mimi von der Bank.
"What on earth is the matter with you, Elise?", fragte die Sportlehrerin verärgert. Kritisch betrachtete sie ihre Schülerin und bemerkte endlich ihre triefende Nase und roten Augen. Prüfend legte sie die Hand auf

Elises Stirn. "My God, girl, you'**re burning up**. Go back to your house immediately. It's Cats, isn't it? – Helena! Victoria!" Miss Paterson rief zwei Zuschauerinnen zu sich. "**Walk** Elise back to her house, please. You'll be back in time for the end of the game."

Zurück im Cats nahm Miss Gibson Elises Temperatur, stellte fest, dass sie 39 Grad Fieber hatte, und beorderte sie sofort ins Bett.

"Please can I have a hot bath first, Miss Gibson?", bat Elise zitternd. "I'**m aching** all over."

"All right", sagte Miss Gibson. "But go straight to bed afterwards. I'll come and check on you later."

Im Badezimmer zog sich Elise langsam aus, kippte eine gewaltige Menge Schaumbad in die Wanne und ließ sich erleichtert ins heiße Wasser sinken. Baden durften die Schülerinnen normalerweise nur abends; heute konnte sie wenigstens mal den Luxus genießen, ganz lange ungestört dazuliegen. Ihr schmerzender Körper entspannte sich in dem warmen, duftenden Nass. Sie schloss die Augen und war fast eingeschlafen, als durch den Spalt unter der Decke Stimmen von den Duschen nebenan ins Badezimmer drangen.

"It's all her fault. If she hadn't let their **Right Wing** through with the ball they'd never have scored that second goal."

"And they only got a **penalty** in the first half because she **tackled** so badly."

to burn up
hier: glühen

to walk sb
jdn begleiten

to ache
Schmerzen haben

Right Wing
rechte(r) Flügelspieler(in)

penalty
Strafstoß

to tackle
angreifen

what the hell
was zum Teufel

"Right! **What the hell** is she doing on the team? She's **rubbish**."
Oh my God!, dachte Elise. Mimi and Belinda – they're talking about me! Sie öffnete ihre Augen und lag wie ein Krokodil im Wasser, lauschend und ohne sich zu rühren.
"Well, maybe Paterson will **see sense** and drop her now."
"Maybe. But it's going to be a real **struggle** to win the Hockey **Cup** next term now we've lost to Ashmore."
Pemberton's hatte das Hockeyspiel also verloren. Und Elise war Schuld! Hätte sie Paterson bloß gebeichtet, dass sie nicht in Form war ... Das Mitspielen war ihr so wichtig gewesen, aber statt ein weiteres Mal ihre Qualitäten zu beweisen, hatte sie sich nur schrecklich blamiert. Mit einer anderen Spielerin hätte das Team vielleicht gewinnen können!

She's rubbish. Sie baut Mist.
to see sense vernünftig werden
struggle Kampf
cup Pokal
foreigner Ausländer(in)

Elise dröhnte der Kopf. Tränen liefen ihr über die Wangen und tropften ins lauwarme Wasser.
"Stupid Kraut. You see – that's what you get if you put **foreigners** on the team."
"Um ... well ..." Belinda schien mit dieser Ansicht nicht ganz einverstanden zu sein. "I'm not sure *that's* the reason ..."
"You're not? I am. There are far too many of them. Daddy says it's foreigners who are ruining the country, and I have to say I agree with him", meinte Mimi pompös.

Ein Duschvorhang raschelte. "How interesting", kommentierte eine dritte Stimme. "I have to say I don't."
Belinda quiekte. "Lucy! I – we didn't know you were in here!"
"**Obviously** not. I can't believe you'd say something like that to my face. Would you, Mimi?"
"I ... I wasn't talking about *you*, Lucy!", stammelte Mimi. "Everyone knows you're brilliant! I meant ..."

obviously
offensichtlich
incidentally
übrigens
to rethink
überdenken

"Okay, so what *did* you mean? You said there were too many foreigners, and you appear to think they're ruining both the country *and* the school hockey team! Well, I'm Chinese, and I'm captain of the hockey team. So I think you were talking about me, whether you meant to or not. **Incidentally**, which country do you and your daddy think we're ruining? Remind me – where is it you live, Mimi?"
"Barbados", nuschelte Mimi.
"Aha. Barbados. Right." Lucy hielt inne. "You should **rethink** your ideas about what it means to be foreign, Mimi. Use your brain, don't ask Daddy." Lucy sammelte geräuschvoll ihre Duschsachen ein, Elise hörte eine Shampooflasche zu Boden fallen. "And by the way – Elise is a nice girl, and when she isn't ill she's a damn good player. And you know it. You should stop being such a bitch to her, Mimi. It just makes you look bad."
Die Tür im Duschraum fiel zu. Es folgte eine lange Pause.

"Hmpf", grunzte Mimi. "I'm going to have a shower." Sie drehte den Hahn voll auf, sodass nur noch das Gepladder des Wassers zu hören war.
Elise stieg leise aus der Badewanne, trocknete sich schnell ab und beeilte sich, ins Bett zu kommen, bevor die anderen den Schlafsaal betraten.

Die Schuldisco

Die zweite Hälfte des Semesters verging wie im Flug, ganz anders als die erste. Elise hatte sich tatsächlich eine Grippe eingefangen und wurde gezwungen, vier Tage im Bett zu verbringen, bis es ihr wieder einigermaßen gut ging. Zum Trost durfte sie ausnahmsweise einen Anruf ihrer Eltern in Mrs Roberts' Büro empfangen. Mrs Roberts verließ sogar für zehn Minuten den Raum, damit sie ungestört miteinander reden konnten.

Deema und Rosie brachten Trauben und Schokolade ans Krankenbett, Tessa leistete der Patientin gerne Gesellschaft und sogar Belinda war freundlicher als sonst, jedenfalls solange Mimi nicht dabei war. Mimis Reaktion auf Lucys Standpauke bestand darin, Elise fortan so weit wie möglich zu ignorieren.

Am ersten Samstag im Dezember, zwei Wochen vor den Weihnachtsferien, fand die Year-Ten-Schuldisco zusammen mit den Pemberton-Jungen statt. Es war das erste Jahr, in dem die Mädchen zu einer Tanzveranstaltung durften, und schon seit den Herbstferien wurde von kaum etwas anderem geredet. Das verheißungsvolle Datum rückte immer näher.

Am Freitagabend gab es in Elises Schlafsaal eine große Anprobe. Mimi befand keine von ihren zwanzig unterschiedlichen Kleiderkombinationen für tauglich und sah sich deshalb gezwungen, am Samstagnachmittag einkaufen zu gehen. "I want to get a skirt or a dress – Richard likes it when I wear a skirt", sagte sie. "But I'll need some really **high heels** to go with it ..."

Zu gern wäre auch Deema mit Mimi shoppen gegangen, aber Rosie und Elise konnten sie überzeugen, dass sie in ihrem türkisfarbenen Oberteil und der knappen schwarzen Hose wirklich fabelhaft aussah. Rosie wählte einen klassischen Look mit einem schlichten, schwarzen, ärmellosen Kleid, dessen weicher Stoff ihren langen, dünnen Körper umschmeichelte. Tessa gab sich mit Jeans und Hemd zufrieden ("I just want to feel comfortable") und Belinda wollte sich erst entscheiden, wenn sie wusste, was Mimi tragen würde. Elise brauchte nicht lange zu überlegen, sie würde natürlich das goldgrüne Kleid zusammen mit den Goldsandaletten tragen, die sie mit Anna in Bristol gekauft hatte. Heimlich zeigte sie es Deema und Rosie, die ihre Wahl mit "Amazing!" sofort genehmigten.

high heels
hochhackige Schuhe

Am Samstag war es dann endlich so weit. Kurz vor 19 Uhr wurden die Mädchen aus allen Internatshäusern mit dem Bus abgeholt, der sie danach um 23 Uhr wieder nach Hause bringen sollte. Alle hippelten auf den Sitzen herum und kreischten wie wild, als ihre Freundinnen aus den anderen Häusern in den Bus stiegen.

"What are you wearing, Olivia? Show us! Oh my God,

that looks fantastic! Hey, Mimi, what about you? – Bloody hell, that's a short skirt! You'd better not **bend over** ..."

In der Garderobe neben der Turnhalle wartete Elise, bis fast alle Mädchen in den Saal gegangen waren, bevor sie ihren langen Mantel auszog.

"Come on, Elise", drängte Deema. "Stop worrying. You look great."

"Can't I put on some more **make-up**? I think I look really **pale**."

"No way! I told you, if you wear bright red lipstick you're just going to look tarty."

"You're wearing bright red", protestierte Elise.

"Yes, but that's different. I've got dark skin; **I can take it**." Deema grinste. In der Tat stand ihr der knallrote Lippenstift hervorragend. So konnte sie locker für siebzehn durchgehen. "Come on, **babe** – it's party time!"

to bend over sich vorbeugen
make-up Schminke
pale blass
I can take it. Ich kann es vertragen.
babe Baby
confident souverän

Als Elise die Turnhalle betrat, zog sie viele Blicke auf sich, sowohl von den Jungen als auch von ihren Mitschülerinnen – ob billigend oder spöttisch, wagte sie nicht zu beurteilen.

Verlegen starrte sie stur auf den Boden und versuchte, beim Gehen in den Sandaletten nicht zu wackeln. Am liebsten wäre sie sofort ins Cats zurückgelaufen, aber Deema und Rosie hatten sich unterstützend bei ihr eingehakt.

"Chin up!", befahl Deema. "Think **confident**! You're a star, remember?"

"Right", sagte Rosie. "The first thing we have to do is get a drink."
"**Are** they **serving alcohol**?", fragte Elise überrascht. Rosie lachte. "No way! Only fruit **punch**. But if you're holding a glass you don't have to worry about what to do with your hands."
Sie holten sich Plastikbecher und gingen zu Miss Paterson, die mit einer anderen Lehrerin am Getränketresen stand und den Punsch servierte.
"Have fun, girls", sagte sie und zwinkerte ihnen aufmunternd zu. Sie warf einen bedeutungsvollen Blick auf die Jungen, die in einer großen Traube an der hintersten Wand der Halle klebten. "See you later."
Bei der Dekoration hatte man sich große Mühe gegeben, der charakterlosen Turnhalle so etwas wie eine gemütliche Atmosphäre zu verleihen. Hier und da standen Gruppen von Stühlen an der Wand, Lichterketten rankten um die Fenster und durch die Sprossenwände und von dem kleinen Podest, wo der DJ seinen Tisch aufgebaut hatte, leuchteten bunte Discolampen.
Die Musik war nicht besonders hip, aber wenigstens aktuell. Es dauerte nicht lange, bis die erste Gruppe tapferer Mädchen vorsichtig die Tanzfläche betrat. "Come on!", riefen sie ihren Freundinnen zu und tatsächlich gesellten sich immer mehr zu ihnen.
"**There's safety in numbers**", kommentierte Rosie, deren Füße schon seit einer Weile ungeduldig zappelten. "Come on,

to serve
hier: ausschenken

alcohol
Alkohol

punch
Punsch

There's safety in numbers.
In der Menge kann man sich sicher fühlen.

Elise. We can hide in the crowd. I really want to dance!" Sie schnappte sich Elises Hand und zog sie mitten in die Menge.

Es machte richtig Spaß. Alle aus Year Ten waren da, aus allen Klassen und Häusern; alle freuten sich und waren gut gelaunt, und obwohl hier und da ein paar bissige Bemerkungen über die Bekleidung der andern zu hören waren, ließ sich davon niemand die Stimmung verderben. Die Aufregung und aufgestaute Energie der ganzen letzten Wochen war deutlich zu spüren.

to survive
überleben
Is that it?
Das ist alles?
to mix with people
sich unter die Leute mischen

Als der DJ 'I Will **Survive**' spielte, dicht gefolgt von 'It's Raining Men', stießen die Mädchen wild die Fäuste in die Luft, fassten sich dann um die Schultern, johlten und hüpften im Kreis. Irgendwann lösten sich Elise und Rosie aus der Umklammerung und ließen sich keuchend auf die Stühle fallen.

"Where are all the boys?", fragte Elise. "Aren't any of them dancing?"

Rosie schielte auf die Tanzfläche. "Yes! There's a couple over there in the corner, look."

Tatsächlich: Einige Meter vom Mädchenpulk entfernt standen drei oder vier picklige Jungen, die sich gegenseitig ignorierten und unbeholfen ihr Gewicht von einem Fuß auf den anderen verlagerten, als wollten sie es sich nicht anmerken lassen, dass sie tanzten.

Elise stöhnte. "Oh God. **Is that it?**"

"Looks like it. I wonder where all the others have gone?"

"There's a big group of them over by the door, but they **are**n't **mixing with** the girls at all. If they don't want to talk to us, and they don't want to dance either, why did they come?"
"God knows. Ah well – who needs them? We're having fun without them!" Rosie grinste.
Deema und Tessa tauchten neben ihnen auf. "Hi! Why aren't you two dancing?", fragte Tessa.
"**Give us a break!** We've been dancing **non-stop** for over an hour!"
"I need to go to the loo", verkündete Deema. "Who's coming with me?"
"Okay."
Elise und Rosie gingen mit. Als sie zur Tür kamen, mussten sie sich durch das Rudel der Jungen drängen, die den Ausgang versperrten. Einige von ihnen wichen einen halben Schritt zurück, um den Mädchen Platz zu machen, aber andere blieben stehen, sodass sie sich dicht an ihnen vorbeizwängen mussten. Elise hielt den Kopf gesenkt und schaute den Jungs nicht in die Augen, spürte aber trotzdem ihre amüsierten Blicke und das leise Raunen, das durch die Menge ging.
Und plötzlich spürte sie auch etwas eindeutig Handfestes – und zwar auf ihrem Po! Sie schrie auf und wirbelte herum.
Vor ihr stand Jono, höhnisch grinsend. "Nice **ass**, Elise", sagte er. "Want to come outside?"
"**Piss off!**" Elise schob sich durch. Erst als sie mit Rosie sicher auf der anderen

Give us a break! Verschon uns!
non-stop ohne Pause
ass Arsch
Piss off! Verpiss dich!

Seite stand, hörten sie auch Deema lautstark schimpfen.
"Get your **filthy** hands off me! Didn't your mother teach you any manners? The usual way to **attract** a girl's **attention** is to say hello, not try and grab her **tits**, you bloody **Neanderthal**!"
Wutschnaubend tauchte Deema neben ihnen auf. "I don't believe it! The little **prick**! How **dare** he!"
"Do you think we should tell one of the teachers?", fragte Rosie. "They're all busy **prowling about** the hall checking that nobody breaks the two-foot rule."
"What's the two-foot rule?", fragte Elise.
"Boys and girls have to stay two feet **apart** at all times. Didn't you hear Roberts say that before we left?"
Elise zuckte die Achseln. "I'm not planning on getting close to any of them, so I guess I wasn't listening."
"Well, that little **bastard** got much **too close for comfort**", knurrte Deema.
"And that horrible Jono grabbed my **bum**!" Elise schauderte. "Ugh! He's **revolting**!"
"There's no point in telling anyone", sagte Deema. "They can't do anything about it now anyway."
"How are we going to get back in, though?"
"We can worry about that after we've been to the loo."

filthy dreckig
to attract sb's attention jdn auf sich aufmerksam machen
tits *(ugs)* Titten
Neanderthal Neandertaler
prick Drecksack
to dare wagen
to prowl about herumschleichen
apart auseinander
bastard Scheißkerl
too close for comfort näher, als einem lieb ist
bum Po
revolting widerlich

Als sie die Toiletten betraten, merkten sie, wohin viele ihrer Mitschülerinnen verschwunden waren. Sie konnten sich kaum bewegen, so voll war es. Mimi, Belinda und Olivia hockten neben den Waschbecken und teilten sich eine Flasche Wodka.
“Mimi! Where the hell did you get that?”, fragte Deema.
“I smuggled it into school this morning and hid it in the **cistern**.” Mimi kicherte. “I tell you, it certainly helps. My god, they call this a party! It feels more like a **Girl Guides** meeting.” Sie nahm einen kräftigen Schluck, stand auf und zog vergeblich an ihrem Minirock, der ihren Slip nur unzureichend bedeckte. “Okay, girls, put the bottle back. We have to save some for later. I've got to go – Richard'll be waiting for me.”

cistern Spülkasten
Girl Guides Pfadfinderinnen

Elise und die anderen hielten sich eine Weile in den Toiletten auf, retuschierten ihre Schminke und quatschten mit Soraya und Emily. Im Mädchenklo fühlten sie sich sicher – kein Junge würde es wagen, diese Tür aufzumachen! Auch andere hatten schlechte Erfahrungen mit den unverschämten ‘Türstehern’ gemacht und so beschlossen sie, auf dem Weg zurück in den Saal die Tür in einer großen Gruppe zu stürmen. Sie gingen gerade am Jungenklo vorbei, als Richard und Louis auf einer mächtigen Duftwolke von billigem Rasierwasser aus der Tür schwebten. Richard nickte Elise kurz zu, nuschelte “Hi there” und eilte weiter Richtung Saal. Deema hob die Augenbrauen.

"Well, **aren't** you **honoured**", feixte sie.

Elise zuckte die Achseln. "It's only because I met him on the bus in Bristol and was rude to him. He's been **fairly** polite to me ever since – or at least he isn't as rude as he used to be."

to be honoured sich geehrt fühlen
fairly ziemlich

"Aren't they weird?", kommentierte Rosie und fasste sich an die Stirn. "If you're polite to them, they're rude, but if you're rude, they almost seem to like it."

Deema seufzte. "I guess it's the only language they understand."

In Richards Kielwasser kamen sie unversehrt in den Saal und tanzten fröhlich weiter. Eine Stunde bevor die Party zu enden gehen sollte, zogen endlich die Jungs in einem großen Rudel auf die Tanzfläche. Die Lehrerinnen verstärkten ihre Patrouillen, merkten aber schnell, dass diese kaum notwendig waren. Die Jungs blieben unter sich und tanzten lieber um die Mädchen herum, als auf sie zuzugehen. Irgendwann entdeckte jedoch Miss Carter, dass eine Tür zum Garten verbotenerweise offen stand. Mit einigen Kolleginnen marschierte sie sofort hinaus, um mögliche Raucher und abtrünnige Liebespaare dingfest zu machen.

Sie waren kaum draußen, als Elise einen Aufruhr am Rande der Tanzfläche bemerkte. Eine Gruppe Jungen hatte sich besonders eng zusammengeschlossen, fast wie bei einem Rugby-Spiel. Sie standen Schulter an Schulter, nur ihre Rücken waren zu sehen und sie bewegten sich irgendwie seltsam. Nach Tanzen sah es nicht aus.

Elise beugte sich zu Deema hin und rief ihr ins Ohr: "What's going on over there?"
Deema guckte. "No idea. Looks like they'**re up to no good."**
Und damit hatte sie wohl recht. Plötzlich löste sich die Gruppe johlend auf und gab die Sicht frei auf das, was sie in ihrer Mitte eingeschlossen hatten: Tessa, mit zerknittertem Hemd und verrutschter Brille, die Augen dahinter weit aufgerissen.
"Oh my God! What the hell have they done to her?"
Deema und Elise drängten sich durch die tanzende Menge zu Tessa vor. "Tessa! Tessa, are you okay?"
Tessa schaute sie an und brach in Tränen aus.

to dare sb
jdn herausfordern
ugly hässlich
to be up to no good
nichts Gutes im Schilde führen

"What did they do to you?"
"They ... I ... I was just dancing, on my own, and suddenly ...", Tessa schauderte, "... they were all around me, really close, a whole gang of them! It was like they'**d dared** each other to do it. They kept asking me ... they kept asking ..." Tessa barg ihr Gesicht in den Händen und Elise nahm sie in den Arm.
"It's all right, they've gone now. Come on, come with us to the toilets."
Hinter der geschlossenen Tür des Mädchenklos, das jetzt gegen Ende des Abends ziemlich leer war, konnte Tessa endlich erzählen, was genau passiert war.
"One of them was trying to kiss me – but it wasn't because he fancied me, it was just a joke. They were all laughing at me, and they said I should let him be-

cause I was so **ugly** it was probably the only kiss I'd ever get. They … they kept asking me if I was a **lesbian**." Sie schluchzte erneut. "And I said no, but they all just laughed even louder … and then they started **groping** me, and they wouldn't stop until I managed to push them away!"

lesbian Lesbe
to grope begrapschen
disgusting ekelhaft
to dump sb mit jdm Schluss machen
to find out herausfinden
to snog sb mit jdm knutschen
to get away with it davonkommen

"Oh my God!" Deema und Elise waren entsetzt. "Tessa, you poor thing! That's horrible!"
"Come on, don't cry", tröstete sie Deema. "You're okay, you're with us now."
"Did you see who it was?", fragte Elise.
"N…not really. There were about seven of them, I don't know who they were. But I think …", Tessa zögerte, "… I think one of them was Jono."
"Ugh!" Elise war wütend. "That boy is **disgusting**!"
"But why isn't he with Olivia?", fragte Tessa. "I thought he was going out with her?"
"Not any more", antwortete Deema. "She **dumped** him a week ago when she **found out** he'd been **snogging** someone else."
"We have to do something", sagte Elise entschlossen. "We can't just let them **get away with it**!"
Deema zuckte die Achseln. "What do you want to do?"
"I think we should tell someone. One of the teachers."
"No!" Tessa fasste sie am Arm. "Please don't! Don't tell anyone! I don't want any trouble."
"But Tessa …"

"Please! You know what'll happen. Everyone will laugh at me. They'll all know. It'd be too embarrassing. And if some of the boys get into trouble because of me they'll all be even nastier. Please, don't say anything."
Elise schüttelte den Kopf. "All right, if you're sure. But someone has to stop them behaving like that. They aren't boys – they're animals!"
"Hey, Tessa, you're shivering", sagte Deema. "Where's your **cardigan**?"

cardigan
Strickjacke

"I don't know. I left it on a chair somewhere."
Rosie lugte um die Tür. "Aha! I thought I'd find you here ... Oh my God – Tessa, what's the matter?"
"I'll go and get your cardigan." Elise ließ Tessa mit Deema und Rosie allein und kehrte in den Saal zurück.
Die Tanzfläche war mittlerweile rammelvoll: In den letzten Minuten wollte kaum jemand auf den Stühlen sitzen. Trotzdem musste sie lange suchen, bevor sie die Strickjacke in einer Ecke auf dem Boden entdeckte. Sie schnappte sie sich und versuchte, sich am Rand der Tanzfläche vorbeizudrücken, was ihr mit einigen Rempeleien schließlich auch gelang.
Als sie um die Ecke in den Flur bog, kam Richard ihr entgegen. Elise überlegte, ob die Jungs wohl auch Zuflucht im Klo suchten ... oder vielleicht hatten auch sie Flaschen in den Spülkästen versteckt. Richard jedenfalls sah nicht ganz nüchtern aus. Er grinste sein übliches selbstbewusstes Grinsen, schien sich aber gerade nicht daran zu erinnern, dass er normalerweise nicht mit Elise redete.

"Hey", sagte er betont lässig. "How's it going? You girls having fun?"
Da war sie wieder: die Wut, die bei Elise immer wieder aufflammte, sobald sie mit diesen unmöglichen Jungs aus der Deutschklasse und ihrem Anführer zu tun hatte. Wo Jono war, war Richard meist auch nicht weit. Bestimmt hat er von dem Angriff auf Tessa gewusst. Und ihn vielleicht sogar gebilligt.
"No, we are *not* having fun", fauchte Elise. "How can we have fun with you and your horrible friends attacking us? What the hell is wrong with you all?"
Richard schien völlig verdattert. "What are you talking about? What have I done now?"
"All right, maybe not you, but your stupid friends. Jono and the others. You must have seen them! How can you treat people like that?"
Richard hob die Hände. "Look, stop shouting at me! Whatever's happened, I had nothing to do with it. Why don't you just tell me what's going on?"
"They nearly **ripped** poor Tessa's clothes **off**! She's really upset. Jono and some others **surrounded** her on the **dance floor** and they all started groping her and **insulting** her, just for fun!"
Richard runzelte die Stirn und fuhr mit der Hand durch seine zerzausten Haare. "Oh shit", murmelte er.

to rip off runterreißen
to surround umringen
dance floor Tanzfläche
to insult beleidigen

"Yes, oh shit! Why do you always have to be so nasty? Why can't you all be nice for a change?"
Elise war ziemlich aufgelöst. Richard legte eine Hand auf ihre Schulter, aber es war ihr nicht klar, ob er sie

damit beschwichtigen oder sich nur abstützen wollte. So ganz sicher stand er jedenfalls nicht mehr auf den Beinen.

“Look, I’ll talk to the lads, okay? I’m sorry about your friend. Is she okay?”

“Yes, kind of.” Elise schaute ihn misstrauisch an. Meinte er das ernst? Er hatte jetzt beide Hände auf ihre Schultern gelegt und versuchte ihr gerade in die Augen zu schauen, konnte ihrem Blick aber nicht standhalten.

“I really like you, Elise”, sagte er und lallte ein wenig dabei. “Do you know that?”

“Erm … no, actually”, antwortete sie verwirrt.

Hinter ihr im Saal ging das letzte Lied zu Ende. Miss Carter hatte das Mikro in die Hand genommen und forderte gerade alle auf, sich zum Haupteingang zu begeben, wo die Busse schon auf sie warteten.

Richard hob eine Hand und strich Elise eine Haarsträhne aus den Augen. “You know, you’ve got lovely eyes.”

Jetzt wurde es aber peinlich. “Er, Richard …”

“Mmm?”

“What are you *doing*?”

Richard lächelte. “Kissing you”, flüsterte er. Und ehe Elise was dagegen unternehmen konnte, beugte er sich vor und drückte seine Lippen sanft auf die ihren.

Das kam so überraschend, dass sie eine Sekunde brauchte, bevor sie sich besann und ihn wegstieß.

what the bloody hell
was zum Teufel

“**What the bloody hell** is going on?!”

Elise wirbelte herum. Am Eingang zum Saal starrten

Mimi und einige andere Mädchen sie mit Entsetzen an. Mimi war ganz blass.
"Oh shit", sagte Richard wieder. "Sorry." Und ohne ein weiteres Wort zu verlieren, drehte er sich um und eilte davon.
Elise stand da wie vom Donner gerührt. Jetzt hatte sie den Salat. Aber das Ganze war doch nicht ihre Schuld! Sie hatte Richard ganz bestimmt nicht küssen wollen! Was würde Mimi jetzt mit ihr machen? Sie anschreien? Ihr eine Ohrfeige verpassen?
"Mimi", sagte sie zögernd, "it wasn't what it looks like, I promise."
Zu ihrer Überraschung fing Mimi nur leise an zu weinen.
"You bitch, Elise", sagte sie. "You bitch."

OSTRACIZED

From: elise@weidemanns.co.uk
To: annagoldenberg93@hotmail.com
Subject: TOTAL **DISASTER**

Anna, you won't believe what's been going on here. Remember Richard, the boy we saw on the bus in Bristol? Well, he tried to kiss me at the school disco last Saturday. I couldn't believe it – I mean, since I got angry with him on the bus he's more or less ignored me – I didn't think he even liked me! And before you ask: NO, I DO NOT FANCY HIM!!! Everybody else does, apparently, and I admit that maybe he isn't quite as much of a bastard as I thought. But he's so ***obsessed*** *with being cool and looking good in front of his friends – I just couldn't be interested in someone like that.*

ostracized geächtet
disaster Katastrophe
obsessed besessen

And anyway – he IS a bastard, because he tried to kiss me when he's still going out with Mimi!!! That's the really awful part. She came out of the disco right at that moment and she and her friends saw us. So now everybody thinks I've been trying to steal her boyfriend!

I've tried to explain but she just won't listen. She won't believe it was Richard who tried to kiss me; she thinks it was ***the other way round****. I guess that's what he's told her to try and get himself out of trouble. So she's being going around all week accusing me of being a* ***two-faced*** *bitch and a* ***slag*** *and God knows what else – and of course everybody believes HER, not me! Hardly anyone in my year is speaking to me – if I try to talk to anyone they just walk off. Even Deema and Rosie think it was my fault. Some of Richard's friends were really horrible to Tessa just before it happened (that's another story), so we'd been trying to* ***comfort*** *her, but I went off to get Tessa's cardigan and that was when I bumped into Richard. I was actually telling him off about his friends'* ***behaviour****, but now D & R think I was using what happened to Tessa as a chance to talk to him because I wanted to get off with him!!!*

AAAAAAARGH!!!

God, Anna, it's such a ***mess****. The only thing that'****s keeping*** *me* ***going*** *is that it's nearly the end of term. When I see Mama and Papa in Shanghai I'm going to* ***beg*** *them to let me leave this school and come back to Bristol. Maybe I can live with you or something. I can't come back to Pemberton's. Nobody's speaking to me, everybody hates me, I don't have any friends, and I HATE IT HERE.*

The only person who isn't angry with me is Tessa. I think she does believe me about what happened with

the other way round
andersrum

two-faced
hinterlistig

slag
Schlampe

to comfort
trösten

behaviour
Benehmen

mess
Schlamassel

to keep sb going
jdn aufrecht halten

to beg
bitten

Richard, but the main thing is that she knows how horrible it is to be bullied by the other girls, and how lonely it is when everyone's against you. I feel really bad now that I ***was****n't more* ***supportive of*** *her before. She's actually really nice; she's just not cool, and of course uncool is the worst thing you can be in a place like this. Anyone who's friends with her is* ***automatically*** *uncool as well, which means they get ostracized too. Well,* ***who cares****. I can hardly* ***criticize*** *Richard for worrying about being cool and then go and worry about it myself, can I?!*
I'll be leaving for China right after the end of term; some family friends are coming from London to pick up Alex and me and take us straight to Heathrow. So I won't see you again before the New Year! ***SNIFF!****! I will call you before I leave – I tried a few times this week but I think your* ***phone*** *must be* ***out of credit****. Or maybe you turned it off because you were busy with Chris … ??! ;-) I'm really glad that's going well. At least one of us is happy …* ☹
Lots and lots of love from Lisi xxxxxxxx

to be supportive of sb
jdn unterstützen
automatically
automatisch
Who cares.
Egal.
to criticize
kritisieren
Sniff!
Schnief!
The phone is out of credit.
Die Telefonkarte ist abgelaufen.

Ein Wochenende musste Elise noch im Internat überstehen. Die Stimmung im Haus war nur schwer zu ertragen, und so hatte sie Tessa überredet, mit ihr einen Stadtbummel zu machen.
Unterwegs hatten die beiden ein paar Weihnachts-

geschenke gekauft und einen Tee oben im Kaufhaus-Café getrunken – Starbucks und der Copper Kettle kamen für sie nicht mehr in Frage. Zu ihrer Erleichterung hatten sie es geschafft, ihre Einkäufe zu machen, ohne den Jungs oder irgendwelchen Freundinnen von Mimi zu begegnen.

Sie waren gerade auf dem Heimweg, als Tessa Elises Arm drückte.

"Elise. It's them."

Fünf Jungen kamen direkt auf sie zu. Selbst aus einiger Entfernung erkannte Elise, dass Jono, Louis und Matt unter ihnen waren.

"Oh shit." Elise schaute sich verzweifelt um. Sie waren schon aus der Einkaufsgegend heraus und in der Nähe des Parks angekommen.

"What do we do?"

"Keep walking and don't look them in the eye. Quick, let's cross the road."

Aber es war zu spät. "Hey! Look who's here!" Jono winkte ihnen zu. "It's the lesbian and the slag! Or ... **hang on** ... of course! Why didn't we realize before? They're *both* lesbians! Look, they're walking arm in arm! Hey, Elise, why didn't you say? Guys, we'd better tell Richard about this!"

Hang on.
Warte mal.
to put sb off
jdn abschrecken

"That'll definitely **put** him **off**", kommentierte Matt mit einem Grinsen.

"Or not", sagte Louis. Alle kicherten. Sie standen jetzt direkt vor den Mädchen und blockierten den Bürgersteig. Elises Herz hämmerte gegen ihre Rippen. Ausweichen war nicht mehr möglich, und sie wusste:

Wenn sie sich jetzt nicht wehrte, dann würden diese Schikanen nie und nimmer aufhören. Sie atmete tief ein, hob ihren Kopf und schaute Jono direkt in die Augen.

"You can tell Richard whatever you like", sagte sie bestimmt. "I'm not interested in him, so I really don't care. Just because we don't want to kiss Neanderthals like you doesn't mean we're lesbians. And even if we were, so bloody what?"

Die Jungs grölten. Elise erinnerte sich an den Rat von Deemas Vater und zwang sich zu lächeln. "You always have to find someone to **pick on**, don't you? Anyone who's **vulnerable**, or just a little bit different from you. You're all just **cowards**. You know what? I think the only reason you're so rude to us girls is because you're too scared to be nice. Because, of course, being nice isn't *cool*, is it?"

to pick on sb
auf jdm herumhacken

vulnerable
schwach

coward
Feigling

Ihr Vortrag mochte die Jungs vielleicht überraschen, aber sonderlich beeindruckt waren sie offenbar nicht. Sie lachten, pfiffen und schnitten alberne Grimassen. Elise zog Tessa mit sich und versuchte, sich zwischen Matt und einem anderen Jungen hindurchzudrängen. Plötzlich löste sich die Gruppe johlend auf – Jono hatte eine Beute ergattert und wedelte damit in der Luft herum: Elises scharlachrote Mütze.

"Give it back!", schrie Elise aus vollem Hals. "Give it back, you bastard!"

Aber es nutzte nichts. Die Jungs liefen um die Ecke und verschwanden. Und mit ihnen die Mütze.

"Oh, Elise, I'm so sorry", jammerte Tessa. "It's all my fault."
"Don't be silly. Of course it's not." Elise kämpfte mit den Tränen. "They're just bastards, all of them."
"Who are?", fragte eine Stimme neben ihr.
"Men", fauchte Elise.
"Oh", sagte Gabriel. "I'll go away then."
Gabriel! Elise sah auf. Seit Wochen hatte sie ihn nicht gesehen. Beim letzten Treffen mit Alex war nur Adam dabei gewesen. Hatte sie ihn jetzt beleidigt? Aber er lächelte sie freundlich an.
"Gabriel ... hello ... sorry ... I didn't mean you!", stammelte sie. "What are you doing here?"
"Well, I was on my way into town when I heard you shouting. What's happened? Are you okay?"
"I'm fine."
Gabriel schaute sie prüfend an.
"Hm. Sorry, Elise, but it doesn't look like it." Er wandte sich an Tessa. "Hello, I don't think we've met. I'm Gabriel Kang; I'm a friend of Elise. Why don't we all sit on that bench and you can tell me what's been going on?"
Elise ließ sich von Gabriel und Tessa zur Bank führen. Nach der Konfrontation mit Jono und den anderen fühlte sie sich auf einmal völlig erschöpft. Gabriel nahm ihre Hand, sah sie besorgt an und wartete.
Was hatte er gerade gesagt? *I'm a friend of Elise.* Nicht *a friend of Alex*, oder *a friend of Elise's brother*. *Her* friend. Tatsächlich: Das war er. Sie hatte wirklich das Gefühl, sich auf ihn verlassen zu können. Er wür-

de ihr zuhören, er würde sie nie auslachen oder im Stich lassen.
Elise holte tief Luft. “Well”, sagte sie, “it all started in our German class ...”
Sie erzählte Gabriel die ganze Geschichte: von den Beleidigungen, dem Mobbing, von Mimi, Richard und Jono, von den schrecklichen Ereignissen bei der Schuldisco. Ab und zu ergänzte Tessa ein paar Details. Als Elise schließlich erzählte, dass die Typen ihre Mütze geklaut hatten, traten ihr wieder die Tränen in die Augen und ihre Stimme zitterte. Das hatte ihr einfach den Rest gegeben.

beret
Baskenmütze
to sort sth out
etw einrenken
a nasty piece of work
ein fieser Kerl
about time
höchste Zeit

Gabriel legte ihr den Arm um die Schulter.
“We'll get your **beret** back, don't you worry. God, you've had a horrible term, haven't you? Why didn't you say anything to Alex?”
“I ... I don't know, really. Alex is great, but for him I'm always 'Li'l Sis'. He thinks because he's my big brother he has to protect me. But I'm not a baby any more; I wanted to **sort** it **out** by myself.” Elise schluchzte. “I guess I'm not very good at it.”
Gabriel lächelte mitfühlend. “Rubbish. I think you've done brilliantly. There's not much you *can* do with people like that. Jono Crawford's in my house. He's **a nasty piece of work**. It's **about time** someone sorted him out.” Plötzlich runzelte er die Stirn und schaute über Elises Kopf hinweg. “Hey – isn't that the girl you were talking about? She doesn't look too happy either.”

Elise drehte sich um und sah Mimi, die im Zickzack durch den Park auf sie zutorkelte. Sie war allein und, wie es aussah, stockbesoffen. Als sie näher kam, konnten sie erkennen, dass auch Mimi verheulte Augen hatte, und zwar schwarz umrandete, da ihre Wimperntusche überall verschmiert war.

drunk
betrunken
to be sick
sich übergeben

Elise stand auf und versuchte sie aufzuhalten.
"Mimi?"
"Piss off, Elise." Mimi stolperte weiter.
Elise lief ihr nach. "Mimi, what are you doing? You can't go back like this. If Roberts sees you **drunk** and walking on your own you'll be expelled."
"Don't care", knurrte Mimi. Sie schob Elise weg. "Go away. Leave me alone."
"Mimi ..."
Elise drehte sich Hilfe suchend zu Gabriel um, der ihr sofort zur Seite stand. Er trat einen Schritt vor und hielt Mimi an den Armen fest. Sie schlug kurz um sich, aber auf einmal schien ihr die Kraft auszugehen und sie sackte auf dem Bürgersteig zusammen.
"Come on", sagte Gabriel. "Try to stand up." Er hob Mimi auf die Beine, aber sobald er sie losließ, plumpste sie wieder zu Boden.
"Bloody hell", sagte er. "What have you been drinking?"
"Whisky", antwortete Mimi und übergab sich prompt auf seine Schuhe. Gabriel seufzte. "Sorry", murmelte sie.
"Oh well. Better out than in, I guess", sagte er. Mimis Gesicht hatte eine seltsame Farbe angenommen.

Gabriel wandte sich an Elise und Tessa. “I think she’s going to **be sick** again. Help me get her to the bushes over there.”
Gemeinsam schleppten sie Mimi zurück in den Park, wo sie sich außer Sichtweite neugieriger Passanten in Ruhe übergeben konnte. Mimi kniete vor den Rhododendren und kotzte sich die Seele aus dem Leib. Gabriel hielt sie an den Schultern fest, während Tessa ihr sachte den Rücken rieb und Elise ihr die Haare aus dem Gesicht strich.
Als Mimi endlich fertig war, hob Gabriel sie sachte auf die Beine.
Sie zitterte. “Cold.”
Es war in der Tat sehr kalt geworden. Mittlerweile froren sie alle vier.
“It’s starting to get dark”, sagte Elise. “We have to get her back to Cats. We’re going to be late.”
“Do you think you can walk, or do you want to wait a bit?”, fragte Gabriel Mimi.
“Think I can walk.”
“Okay.” Er nickte Elise zu. “You take her left arm, I’ll take the right. Tessa, can you carry her bag?”
Auf diese Weise schafften sie es bis kurz vor das Cats. Mimi schwankte, konnte aber wenigstens einigermaßen gehen. Gabriel sagte zu Tessa, sie solle die rechte Seite übernehmen.
“I can’t come in with you”, sagte er bedauernd. “You’ll have to get her in on your own. Do you think you’ll manage?”
“We’ll have to”, sagte Elise entschlossen. “Thanks so much for helping us.”

"No problem." Gabriel schaute sich um. "Look, I know you're not supposed to meet up with boys in town. I'd better go before someone sees me." Er hob die Hand und lief in die andere Richtung. "See you soon."
"Bye. Thanks again", riefen Elise und Tessa ihm nach.
Gabriel drehte sich noch mal kurz um. "Elise – don't worry, I haven't forgotten about your beret."
"He's really nice", flüsterte Tessa, als er weg war.
"Yes", stimmte Elise zu. "He is. Okay, listen. We have to get Mimi into the house without Miss Gibson **getting suspicious**. Mimi, are you with me?"
Mimi hob müde den Kopf. "Hmpf."
Elise schüttelte sie. "No, that's not good enough. You have to try and look **sober**, okay? We'll hold your arms, but you have to be able to walk between us in a straight line. Can you do that? ... Okay, come on, let's practise."
Sie liefen ein paar Mal auf und ab, bis Elise mit Mimis Leistung zufrieden war. Dann gingen sie langsam auf das Internatshaus zu.
"Head up", befahl Elise. "Look straight ahead, and for God's sake try and **focus**. When Gibson answers the door, *don't say a word*. We have to get you in there and straight up to the dorm without her **suspecting** anything. Do you understand?"
Mimi nickte gehorsam. Elise klingelte. Nach einer kurzen Pause öffnete sich die Tür. Dahinter stand aber nicht Miss Gibson, sondern Mrs Roberts.

to get suspicious Verdacht schöpfen
sober nüchtern
to focus sich konzentrieren
to suspect argwöhnen

"Hello, Mrs Roberts!", sagte Elise betont munter. "**It's freezing** out here."
"I can imagine", sagte Mrs Roberts. "You've been gone a long time. It's after five o'clock."
"Yes, we're really sorry", sagte Tessa. "We forgot to look at our watches. We're only a little late, aren't we?"
"Fifteen minutes", sagte Mrs Roberts streng. Sie schaute Mimi prüfend an. "Mimi, are you all right?"
"She's fine", sagte Elise schnell. "We went for tea and she ate a bit too much cake."
"Really?" Jetzt schwenkte Mrs Roberts' Blick auf Elise. "You had tea together? Funny ... I thought you didn't like each other very much."
Elise hielt inne. Mrs Roberts war verdammt schlau. "Well", sagte sie nachdenklich, "no, we didn't. But we're trying to be a bit nicer to each other. Aren't we, Mimi?" Mimi nickte.
"Hm", sagte Mrs Roberts. Es sah nicht so aus, als ob sie Elise glaubte. Skeptisch musterte sie das ungewöhnliche Trio. Dann sagte sie langsam, "Well, I'm glad to hear it. You'd better help Mimi up to your dorm, Elise. It looks as if that ... cake ... definitely **didn't agree with her**."
"Yes, Mrs Roberts", sagten Elise und Tessa im Chor. "Come on, Mimi."
Sie schleppten Mimi die Treppe hoch und ließen sie im leeren Schlafsaal auf ihr Bett fallen. Mimi rollte sich zusammen und vergrub ihr Gesicht im Kopfkissen.

It's freezing.
Es ist eisig kalt.
It didn't agree with her.
Es ist ihr nicht bekommen.

"God, that was close", seufzte Tessa. "Do you think Roberts knew?"
Elise überlegte. "Well, she definitely suspects something. We'd better be careful."
"I'm going to go downstairs and see if I can find Belinda", sagte Tessa. "See you in a bit."
Als Tessa gegangen war, setzte sich Elise zu Mimi aufs Bett. "How do you feel?"
Mimi stöhnte in ihr Kopfkissen. Elise streichelte ihr den Rücken. Was war bloß heute mit Mimi geschehen? Es musste etwas Schlimmes sein. Nun war Elise vermutlich die Letzte, der Mimi sich anvertrauen würde, aber trotzdem ...
"What happened, Mimi?", fragte sie vorsichtig. "Were you with Richard? Why did you get so drunk?"
Mimi schwieg so lange, dass Elise gerade beschloss, sie in Ruhe zu lassen, als eine leise Stimme etwas Unverständliches ins Kissen murmelte.
"What?" Elise zog sachte das Kissen weg. "Sorry, I couldn't hear you."
"Richard **finished with** me", flüsterte Mimi. Sie fing an zu weinen. Elise dachte an die Geschichte von letzter Woche und wusste nicht, was sie sagen sollte. Sie tätschelte Mimis Schulter.

to finish with sb
mit jdm Schluss machen

"I'm sorry."
Mimi drehte sich um und sah sie mit verquollenen Augen an. "Are you sorry? Really?"
Elise zuckte die Achseln. "Well, yes. I mean ... you seem really upset about it. You really liked him, didn't you?"
Mimi nickte wortlos.

Elise seufzte. “Look, Mimi – nothing happened at the disco. I mean, I didn’t do anything. Honestly. Richard tried to kiss me, but I pushed him away. That’s all. He was really drunk; I’m sure he didn’t mean it. I know he really likes you.”
“Uh-uh.” Mimi schüttelte den Kopf. “No. He really likes *you.* He told me so this afternoon.” Sie schluchzte. “He told me what happened at the disco wasn’t your fault, and that I shouldn’t have gone around telling everyone you were a slag because you weren’t. Then he told me I was a bitch, and that the only nice thing about me was the way I looked, and he didn’t want to see me any more.”
“Oh.” Elise war sprachlos. “That’s horrible.”
“No, it’s not”, heulte Mimi. “It’s true. Why would anyone want to go out with me? Boys don’t really like me. They just ... they just want to sleep with me, that’s all.” Mimi wurde von einem so heftigen Weinkrampf geschüttelt, dass Elise sie kaum verstehen konnte. Sie nahm sie vorsichtig in den Arm.
“But ... but you haven’t slept with Richard, have you?”
Elise konnte sich nicht vorstellen, dass man so etwas im winterlichen Park unternehmen würde, nicht mal in betrunkenem Zustand, und andere Versteckmöglichkeiten gab es wohl kaum.
Mimi schüttelte heftig den Kopf. “No, not Richard.” Ihr Gesicht verkrampfte sich und ihre Stimme wurde so leise, dass Elise sich zu ihr hinunterbeugen musste, um sie zuverstehen. “... Brad.”

"With *Brad*? You slept with Brad? In Barbados?"
"I didn't want to! I told him I didn't want to! I'm only just fifteen, for God's sake! But he went on and on about it, all the time, whenever we were together – and in the end it ... it just seemed easier to ... to ... to let him. I thought that if I did he'd like me more." Mimi bedeckte ihr Gesicht mit den Händen. "And then the next day on the beach he ... he completely ignored me! It was as if he hardly knew me! All he'd really wanted was to see if he could get me into bed! And all his friends – all of them turned away as well. He must have told everybody! They all knew! And I couldn't do anything. All I could do was just ... keep walking."
"Oh, Mimi." Elise hielt sie ganz fest. Das war ja nun eine völlig andere Geschichte als die von dem tollen, begehrenswerten, fürsorglichen Brad, die Mimi das ganze Trimester über erzählt hatte.

Like she'd care. Als würde sie das kümmern.
to not give a shit about sth sich einen Dreck um etw scheren

"Wasn't there anyone you could talk to? Your mother?"
Mimi lachte zynisch. "My mother. Yeah, right. **Like she'd care**. She and Dad **don't give a shit** what happens to me as long as I stay out of their way. What do you think I'm doing here? I wish we didn't have any holidays at all. I hate going home."
Die Tür ging auf. Tessa, Belinda und Olivia stürmten herein und stutzten, als sie Mimi in Elises Armen sahen. "Mimi?", fragte Belinda überrascht. "Are you okay?"
Mit trägen Bewegungen löste Mimi sich von Elise.

Man sah ihr an, wie sie sich anstrengte, sich zusammenzureißen.
"I'm fine. Thanks. I just ..." Sie seufzte, drehte ihnen den Rücken zu und rollte sich wieder auf dem Bett zusammen. "Could you all go away for a bit, please? I just want to be alone."

See You in Shanghai

An diesem Sonntagmorgen schaffte es keine in Elises Schlafsaal, rechtzeitig zur Messe aufzustehen. Alle waren zu müde und Mimi musste zudem erst mal einen fürchterlichen Kater überwinden, bevor sie auf die Beine kam.

"You'll all have to go to the evening service at six o'clock, then", mahnte Mrs Roberts. "You can't just miss church. No, Deema, not even on the last Sunday of term."

Mittlerweile wussten alle in beiden Schlafsäalen von dem gestrigen Abenteuer. Tessa hatte es Belinda und Olivia erzählt, und obwohl Mimi seit ihrer Rückkehr kaum geredet hatte, hatte sie doch das Wesentliche bestätigt: dass Elise in Sachen Richard unschuldig war und dass sie und Tessa ihr nach Hause geholfen und sie an Mrs Roberts vorbeigeschleust hatten.

Es war nun allen unangenehm, dass sie Elise zu Unrecht geächtet hatten. Deema vermied es den ganzen Vormittag, Elise in die Augen zu schauen, bis sie sich endlich ein Herz fasste und auf Elise zukam. "I'm really sorry, Elise", sagte sie. "I should have known you wouldn't do something like that."

Elise war froh, dass ihre Freundin nun doch die Wahrheit erkannte. Sie umarmten sich herzlich. "It's okay", sagte Elise. "But please believe me next time. I don't tell **lies**. Well, not to you. Only to Mrs Roberts, if I have to."

"I know." Deema schämte sich. "I don't know why we all believed Mimi. She can be really **convincing**."

"I know."

"She's a bitch", sagte Deema hitzig.

Aber Elise schüttelte den Kopf. "Don't be too hard on her", sagte sie. "I know she can be mean, but actually I think she's just really unhappy."

Draußen war es bitter kalt und es blies ein eisiger Wind, aber Olivia, Deema und Rosie bestanden darauf, nachmittags nochmals in die Stadt zu gehen. Und sie kehrten mit überraschenden Neuigkeiten zurück.

"We were sitting in Starbucks having coffee when Matt and Louis came in", erzählte Deema. "It was really weird. They seemed to be looking for somebody, and when they saw us they came over and asked if we were in Cats. I said yes, and they said to tell Elise Weidemann that they were sorry about what had happened and that she'd get her beret back." Deema lehnte sich zurück. "**What do you make of that?**"

Elise starrte sie mit großen Augen an. "No idea! Are you sure they were serious?"

Deema zuckte die Achseln. "Seemed to be. They weren't laughing, anyway."

lie Lüge
convincing überzeugend
What do you make of that? Was hältst du davon?

"Where was Jono?"
"Not with them. We didn't see him, or Richard either."
Elise runzelte die Stirn. "Strange."

Den Rest des Nachmittags verbrachte Elise mit den letzten Seiten von *Jane Eyre.*
Jane hatte längst das Internat verlassen und hätte fast einen attraktiven, aber arroganten Mann geheiratet. Es hatte sich jedoch herausgestellt, dass dieser schon eine andere hatte, und Jane war weggelaufen, um erst jetzt, nach vielen Abenteuern, den (mittlerweile demütig gewordenen) Mann ihrer Träume zu finden – nachdem dieser gelernt hatte, sie aufrichtig zu lieben.
Elise schloss das Buch mit einem zufriedenen Seufzer. So wollte sie auch geliebt werden: um ihrer selbst willen, nicht bloß, um die Eitelkeiten und Begierden anderer zu spiegeln.
Abends mussten sie alle ihre Uniformen anziehen und in die Kirche gehen.
Inzwischen hatte es zu schneien begonnen. Belinda und Mimi stapften wonnevoll auf dem weißen Bürgersteig umher, Rosie schrieb ihren Namen in die dünne Schneeschicht auf einem Autofenster und Deema warf mit Schneebällen nach Tessa, während Elise versuchte, die tanzenden Flocken mit ihrer Zunge zu erwischen.
"You look like a lizard", rief Deema und lachte ausgelassen. Sie streckte Elise die Zunge raus und rannte vor.
Zur Abendmesse kamen nur wenige Lehrerinnen, da

die meisten Mädchen vormittags zur Kirche gingen. Der Priester schien nicht besonders gut drauf zu sein; die Predigt war so ziemlich die langweiligste und unverständlichste, die Elise je gehört hatte. Deema rollte die Augen. Als die Worte "Let us pray" endlich ertönten, sank sie auf ihre Knie, legte das Kinn auf die Gesangbuchablage, streckte Elise noch mal die Zunge raus und fing an, die Seiten ihres Gesangbuchs damit umzublättern. Elise konnte ein unterdrücktes Kichern nicht verhindern. Der Priester hielt inne und blickte finster in ihre Richtung, fuhr dann aber fort. Das Ganze dauerte fast eine Stunde, dann waren sie wieder draußen.

"Oh, look!", rief Rosie und klatschte in die Hände. "Isn't it beautiful?"

Lautlos hatte sich der Schnee über alles gelegt. Gras, Grabsteine, Kirchendach, die niedrige Mauer, die den Kirchhof einfriedete: Alles glänzte kristallweiß im Licht, das aus den Kirchenfenstern strahlte. Die Mädchen genossen den zauberhaften Anblick, während die anderen Kirchgänger herauskamen und sich vorsichtig auf die Straße begaben. Erst als alle weg waren, trat eine große, schlaksige Figur aus dem Schatten einer Eibe hervor.

"Elise."

Gabriel! Elise drehte sich um. Er streckte seine Hand aus und reichte ihr die scharlachrote Mütze.

"You see – I promised you I'd get it back."

Elise nahm die Mütze stumm entgegen und starrte sie an. Sie fühlte sich seltsam gerührt. Weniger wegen der Mütze, sondern vor allem, weil Gabriel Wort ge-

halten und die Mühe auf sich genommen hatte, sie für sie zu finden und zurückzubringen.
Jetzt stand er dicht vor ihr und lächelte. Dieses wunderschöne Lächeln. Wieder einmal spürte sie die tausend kleinen Sensoren, aber diesmal hatten sie eindeutig nichts mit Grippe zu tun.
Elise lächelte zurück. "Thank you", flüsterte sie.
"**You're welcome**."
"Ahem." Hinter ihnen räusperte sich Mimi. "Come on, everybody. I think these two have got some things to say to each other. Give them a bit of space, huh? Hi, Gabriel. Erm ... thanks for yesterday." Sie nickte ihm anerkennend zu. "Elise, we'll wait for you at the gate."
Elise schaute Mimi besorgt an. "You will wait, won't you?"
Mimi lächelte. "After yesterday? What do you think?" Sie zwinkerte ihr zu. "Of course we will."
Die Mädchen entfernten sich Richtung Tor und Elise drehte sich wieder zu Gabriel um.
"How did you know I was here?"
"I went to Cats, but they told me you'd gone to church. I didn't want to just leave the beret there, so I thought I'd come and find you."
"I'm glad you did", sagte Elise.
"Yes. Me too. I ..." Gabriel zögerte, aber nur einen kurzen Moment. "I really wanted to see you."
Elise hielt den Atem an. Gabriel schaute erst zum Himmel, dann zu Boden, schabte ein bisschen mit den Schuhen im Schnee und lachte verlegen. "Oh God. I'**m hopeless** at this."

You're welcome. Gern geschehen.
to be hopeless ein hoffnungsloser Fall sein

Elise wartete. Endlich hob Gabriel den Kopf und schaute ihr tief in die Augen. Dann legte er wortlos seine Hände auf ihre Schultern, zog sie sachte zu sich und küsste sie.

Jetzt verstehe ich, dachte Elise, warum sich die andern so gerne küssen. Die kleinen Sensoren in ihrem Körper prickelten wie verrückt, ihr schwirrte der Kopf und sie hatte ein Gefühl, als würde sie sich ganz ganz tief fallen lassen, wie Alice im Wunderland. Gabriel drückte sie fest an sich. Sie legte den Kopf auf seine Brust und seufzte glücklich.

"I've been wanting to do that since the **very first** day I saw you", flüsterte er ihr ins Ohr.

very first
allererste

Elise umarmte ihn. Warum hatte sie eigentlich so lange gebraucht, um ihre eigenen Gefühle wahrzunehmen?

"I thought you just thought of me as Alex' little sister", nuschelte sie.

"No way!" Er streichelte ihr Gesicht. "Elise, you're gorgeous. You're beautiful, and smart, and kind, and ... and ..." Er runzelte die Stirn. "And I feel as if we could really understand each other. Don't you?"

"Yes", flüsterte sie. "Exactly."

"You know", sagte Gabriel, "I thought *you* weren't interested in *me*!"

"What do you mean?" Elise war verwirrt.

"Well – I sent you that text when you were gated, and you just wrote back 'Thanks – Elise'. And you didn't seem to want to talk when we spoke on the phone at half term. So I thought you probably didn't like me

that much. It was really hard seeing you in town that time with Alex."
"Which time?"
"In the café, remember? I could see Richard White was watching you, and you kept looking across at him. I thought you must fancy him."
"No way!" Elise lachte. "I was only looking at them because they were so noisy! I've never fancied Richard."

halfway round the world
um die halbe Welt
to suit sb
jdm stehen
to blush
erröten

Gabriel lächelte. "Well, I know that now, but I didn't then." Er küsste sie auf die kalte Nasenspitze. "You've got a really cute nose. Hey – did you know Alex has invited me to stay with you in Shanghai for New Year?"
"No!" Elise strahlte. "Really? Are you going to come?"
"I'll have to ask my parents, but I think they'll let me. I mean, all of us are going to have to travel **halfway round the world** to get home for Christmas. If you look at it that way, Shanghai and Tokyo aren't that far apart." Er grinste. "Hey – your friends are watching us from the gate, you know."
Elise errötete. "They're waiting for me. I'd better go."
"Yes." Gabriel nahm die Mütze und setzte sie ihr auf. "I love you in this beret. It really **suits** you. Oh, and I love it too when your face goes the same colour. You're so sweet when you **blush**."
Elise kicherte und stieß ihn an. Obwohl Gabriel so superintelligent war, war er eigentlich überhaupt nicht

einschüchternd. Und was wichtig war: Er hatte Humor.
"You're really silly, you know that?"
Gabriel küsste sie wieder, ganz sanft. "It's good to be silly sometimes. See you in Shanghai, sweetheart."